Doyle · Sherlock Holmes
Die gefährliche Erbschaft

Conan Doyle

# Sherlock Holmes
# Die gefährliche Erbschaft

für die Jugend neu erzählt von
Klaus E. R. von Schwarze

Zeichnungen von
Charlotte Panowsky

Loewe

CIP-Kurztitelaufnahme der Deutschen Bibliothek

*Doyle, Arthur Conan:*
Sherlock Holmes, Die gefährliche Erbschaft / Conan Doyle.
Für die Jugend neu erzählt von Klaus E. R. von Schwarze. -
1. Aufl. - Bindlach : Loewe, 1988
ISBN 3-7855-2169-3
NE: Schwarze, Klaus E. R. von (Bearb.)

ISBN 3-7855-2169-3 − 1. Auflage 1988
© 1988 by Loewes Verlag, Bindlach
Umschlagzeichnung: Charlotte Panowsky
Umschlaggestaltung: Creativ GmbH U. Kolb, Stuttgart
Satz: Spintler, Weiden
Druck und Bindung: Wiener Verlag, Himberg bei Wien
Printed in Austria

*Für Scarlett*

# Inhalt

Ein denkwürdiger Tag . . . . . . . . . . . . . . . . . . . . . . . . . 13

Der Vampir . . . . . . . . . . . . . . . . . . . . . . . . . . . . . . . . . 15

Die gefährliche Erbschaft . . . . . . . . . . . . . . . . . . . . . 36

Der verschwundene Bräutigam . . . . . . . . . . . . . . . . . 60

Ein unheimliches Paket . . . . . . . . . . . . . . . . . . . . . . . 80

Das Diadem . . . . . . . . . . . . . . . . . . . . . . . . . . . . . . . 102

Der zweite Fleck . . . . . . . . . . . . . . . . . . . . . . . . . . . . 131

Ein Zimmer in Bloomsbury . . . . . . . . . . . . . . . . . . . 154

Die goldene Brille . . . . . . . . . . . . . . . . . . . . . . . . . . . 173

Der bleiche Soldat . . . . . . . . . . . . . . . . . . . . . . . . . . . 197

# Ein denkwürdiger Tag...

...für den weiteren Verlauf meines ganzen Lebens war in jeder Hinsicht der 4. März 1881. Von diesem Tag an verlief mein Dasein in ganz anderen Bahnen, als ich es ursprünglich geplant hatte. Doch der Reihe nach!

Mein Name ist Dr. John Watson, ich bin Arzt, habe in Indien gedient, nahm als Militärarzt am zweiten afghanischen Krieg teil, in dem ich eine schwere Schulterverletzung erlitt, und wurde vorzeitig aus dem Dienst für Vaterland und Krone entlassen.

Nach meiner Genesung wollte ich in London eine Praxis eröffnen und machte mich deswegen auf Wohnungssuche. Es war zu jener Zeit nicht ganz einfach für einen Junggesellen, eine einigermaßen erschwingliche Bleibe zu finden. Aber da kam mir an jenem 4. März der Zufall zu Hilfe in Gestalt von Dr. Stamford, der mit mir Assistenzarzt am Bartholomäusspital gewesen war! Als ich ihm von meiner bisher ergebnislosen Wohnungssuche berichtete, erzählte er mir von einem Bekannten, der vor dem gleichen Problem stand: So lernte ich Sherlock Holmes kennen.

Er war der Typ des eigenbrötlerischen Wissenschaftlers und Gelehrten, nicht unsympathisch, aber auch nicht gerade von alltäglicher Erscheinung — einen Meter achtzig gut und gerne groß, dazu klapperdürr, mit hellen, alles durchdringenden Augen, einer kantigen Hakennase und einem scharfen Kinn. Er spielte hervorragend Geige, war ein ausgezeichneter Boxer und Florettfechter, kannte sich im britischen Strafrecht besser aus als so mancher Anwalt, befaßte sich viel mit chemikalischen, physikalischen und anatomischen Studien, glänzte in jeder Unterhaltung durch fundiertes Wissen auf wirklich allen Gebieten und bezeichnete sich in beruflicher Hinsicht als „Detektivberater": Er beriet Detektive und manchmal auch die Polizei in Fällen, wo diese mit ihrem Latein am Ende waren!

Sherlock Holmes hatte in der Baker Street 221 B eine nette Wohnung gefunden im Haus einer gewissen Mrs. Hudson, die auch besagte Wohnung – ein großes, gemütliches Wohnzimmer, kleine Küche, Bad und zwei Schlafzimmer – als Haushälterin zu betreuen gedachte. Nur einen Haken hatte diese Wohnung für Holmes: Für ihn allein war sie ihm zu groß.

Das traf sich gut. Wir beschlossen zusammenzuziehen, und haben diesen Entschluß eigentlich nie bereut! Wenn er auch nach jenem 4. März 1881 – wie gesagt – mein Leben ziemlich veränderte.

Mit der Zeit immer faszinierter von den kriminalistisch-kombinatorischen Gaben meines Wohnungsgefährten, machte ich es mir mit der Zeit zur Gewohnheit, genau Buch zu führen über alles, was passierte, wenn Sherlock Holmes seine spektakulären Fälle löste. Und mit den Jahren wurde ich zum Chronisten und Biographen meines Freundes, des besten Detektivs aller Zeiten! Meine Aufzeichnungen wurden zu detaillierten Protokollen, aus den Protokollen wurden Geschichten, aus den Geschichten Tatsachenromane, aus den Romanen ... doch lest selbst!

# Der Vampir

„Alle Einfälle, zu denen ein Detektiv fähig ist", spöttelte Holmes eines Morgens nach dem Frühstück, „sind nichts gegen die Hirngespinste eines Einfältigen. Auf so manches, was sich einer dieser Einfaltspinsel zusammenreimt, käme ich nie! Da tischt mir doch ein Mr. Ferguson brieflich tatsächlich ein Vampir-Märchen auf!"

„Ferguson?" warf ich zweifelnd ein. „Kommt mir irgendwie bekannt vor!"

„Mir auch! Kein Wunder – der Name ist ja weit verbreitet! Er kennt dich, nebenbei gesagt, auch! Schlimm nur, daß der Mann offensichtlich unter Wahnvorstellungen leidet. Vampire – schon in meiner Kindheit haben wir herzlich über diese Gruselgeschichten gelacht! Ferguson dagegen aber meint es offensichtlich ernst, lies doch selbst!" Mit diesen Worten reichte er mir den Brief, dessen vollständigen Inhalt ich meinen Lesern nicht vorenthalten will:

*Sehr geehrter Mr. Holmes,*

*wenn ich mich mit diesem Brief an den berühmtesten aller Detektive wende, dann bin ich mir dabei über die Gefahr durchaus im klaren, daß Sie mit meinem Anliegen nichts anfangen können und möglicherweise schon deshalb ablehnen, sich damit zu befassen. Auch weiß ich nicht, ob Sie zeitlich in der Lage sind, sich meinem Fall zu widmen – klassische Kriminalfälle, die Ihre Energie in Anspruch nehmen, gibt es sicher genug! Und dazu gehört mein Problem – allem Anschein nach – nicht! Andererseits sind Sie meine letzte Rettung! Um Sie nicht allzu lange aufzuhalten, will ich versuchen, die tragischen Vorgänge, die mich zu diesen Zeilen veranlassen, möglichst kurz und präzise zu schildern.*

*Zunächst zu mir: Ich bin im Importgeschäft tätig, und einen wesentlichen Teil unseres Umsatzes tätigen wir mit Südamerika. Bei einem Geschäftspartner in Peru nun habe ich vor gut fünf Jahren dessen Tochter kennengelernt und bald darauf geheiratet. Es ist meine zweite Ehe. Aus meiner ersten habe ich einen neunjährigen Sohn, der bei uns wohnt. Bedingt durch einen schweren Unfall in frühester Kindheit, ist er allerdings stark gehbehindert. Mit meiner zweiten Frau habe ich ein knapp einjähriges Kind.*

*Bis vor einigen Monaten führten wir eine Ehe, die man guten Gewissens als ideal bezeichnen kann. Meine Frau ist wunderschön, unnachahmlich zärtlich, äußerst sanftmütig, absolut treu und auch sehr häuslich veranlagt. Zwar sind mir einige Verhaltensweisen, die mit ihrer Herkunft zusammenhängen, etwas fremd, aber das habe ich ja vorher gewußt – und mein Verständnis dafür hat ständig zu-*

genommen. *Jedoch gibt es auch Merkmale an ihr, für die mir jede Erklärung fehlt. Damit meine ich vor allem ihre irritierende Verschlossenheit in mancher Hinsicht, die in letzter Zeit eher zu- als abnimmt. Mit ihrer Rolle als Mutter war ich anfangs äußerst zufrieden – aber das hat sich gründlich geändert! Im völligen Gegensatz zu ihrer sonstigen Sanftmütigkeit steht seit einiger Zeit ihr Verhalten gegenüber meinem Sohn aus erster Ehe. Zweimal wurde sie dabei beobachtet, wie sie den armen Jungen heftig mit einem Stock schlug! Er trug schwerste Verletzungen davon!*

*Das ist freilich noch harmlos im Vergleich zu dem Verhalten, das sie neuerdings gegenüber unserem gemeinsamen Kind an den Tag legt. Von zwei grauenvollen Ereignissen hat mir unser Kindermädchen Anne berichtet. Einmal, Anne hatte das Zimmer kurz verlassen, wurde sie durch einen kläglichen Schrei des Babys zurückgerufen. Im Zimmer entdeckte sie dann meine Frau, tief über das Kind gebeugt. Wie Anne sofort feststellte, hatte das Baby eine offene Wunde am Hals! Es war gebissen worden! Rasend vor Entsetzen, wollte das Kindermädchen zu mir eilen, um mir zu berichten, wurde aber von meiner Frau schließlich nach einer tränenreichen Szene flehentlich und durch einige Geldscheine unterstützt davon abgehalten.*

*Verständlich, daß das Kindermädchen sich danach noch intensiver um das Baby kümmerte und es fortan rund um die Uhr nicht mehr aus den Augen ließ – aus gutem Grund, denn meine Frau schien ständig nur darauf zu lauern, daß das Kind ihr einmal schutzlos ausgeliefert sein würde. Schließlich hat mir Anne, mit den Nerven völlig am Ende, Gott sei Dank alles gebeichtet. Ich habe ihr zunächst kein Wort geglaubt, habe sie für verrückt erklärt und ihr Halluzinationen unterstellt, denn ein solches Verhalten meiner Frau schien mir völlig undenkbar. Aber ich sollte mich täuschen. Denn während wir uns noch recht erregt unterhielten, hörten wir plötzlich einen Schrei – das Baby! Fast besinnungslos vor Angst, sind wir daraufhin ins Kinderzimmer gestürmt, wo meine Frau am Bett des Kleinen kniete, sogleich aber, offensichtlich in Panik geraten, aufsprang. Am Hals unseres Kindes, auf dem Bettbezug – und auch auf den Lippen meiner Frau: Blut! Einen Augenblick lang verlor ich die Besinnung; dies ausnutzend ist meine Frau verschwunden. Später habe ich dann festgestellt, daß sie sich in ihrem Zimmer verbarrikadiert hat. Seither ist sie nicht mehr aufgetaucht.*

*Dem Kind geht es den Umständen entsprechend. Da, soweit ersichtlich, keine Lebensgefahr besteht, haben wir auch keinen Arzt geholt. Der Skandal, den das zur Folge gehabt hätte, wäre nicht auszudenken. Aber irgend etwas mußte ich unternehmen – daher dieser Brief. Was das bedeutet, wissen Sie wahrscheinlich besser als ich, denn mit Vampirismus, und darum handelt es sich ja wohl offensichtlich hier, habe ich mich noch nie beschäftigt. Bitte helfen Sie mir in meiner verzweifelten Lage. Ich würde Sie gerne morgen gegen zehn Uhr aufsuchen. Telegrafieren Sie mir bitte nach Cheesemans Lamberley, wenn Ihnen das recht ist.*

*Mit Dank und Hochachtung:*
*Robert Ferguson*
*P.S. Bitte grüßen Sie Dr. Watson von mir. Wir kennen uns noch aus früheren Rugby-Zeiten.*

„Ferguson! Natürlich — er spielte in der College-Mannschaft von Richmond!" entfuhr es mir jetzt. „Wie könnte ich den vergessen! Einer der besten Gegner, die wir je hatten, und auch menschlich ein netter Kerl."

„In Ordnung, Watson!" schmunzelte mein Freund mich an. „Dann telegrafiere ihm, daß er morgen um zehn kommen kann." Holmes — wer wäre je ganz schlau aus ihm geworden! Das begann schon bei seinen Formulierungen: Einfach „Ich übernehme Ihren Fall!" zu sagen war nicht sein Stil! Es war typisch für ihn, daß er das Motiv seiner Entscheidung nicht offenlegte. War es mir zuliebe, oder ging's ihm nur um den Vampir-Fall, der, wie mir klar war, ihn schon allein deshalb interessieren mußte, weil ihm derart abstruse, von anderen geäußerte Verdachtsmomente immer zutiefst zuwider waren. Nicht im Traum wäre er auf eine solche Erklärung gekommen. Ja, je märchenhafter und unwirklicher ein Fall sich ihm zunächst darbot, um so hartnäckiger bemühte er sich um eine streng realitätsbezogene Deutung.

Nach Ferguson hätte man die Uhr stellen können. Auf die Minute genau zur vereinbarten Zeit traf er am nächsten Tag ein. Gut zwanzig Jahre waren es wohl her, daß wir uns zuletzt gesehen hatten, und der Zahn der Zeit hatte kräftig (nicht nur) an ihm genagt.

„Hallo, alter Junge!" begrüßte er mich herzlich, um unmittelbar darauf dem großen Detektiv eher ehrfurchtsvoll und mit einem unausgesprochenen „Dankeschön" die Hände zu schütteln. „Alter Junge" — damit hatte er sicherlich recht. Wer wird im Lauf der Jahre schon jünger? Beide hatten wir Haare gelassen und waren gleichzeitig korpulenter geworden! Er allerdings wirkte wesentlich älter, sein Gesicht war gramgefurcht, und mit einem bitteren Lächeln sprach er mich an:

„Entweder ist es der Zufall, mein Lieber, der einen zusammenführt, oder es sind widrige Umstände. Für meine Lage wäre das, wie du weißt, noch sehr harmlos ausgedrückt. Gern denk' ich an unsere gemeinsamen Zeiten als Rugby-Spieler zurück; an die jüngere Vergangenheit dagegen nur noch mit Grauen. Ein anderer Anlaß für unser Wiedersehen wäre mir lieber gewesen." Und indem er sich meinem Freund zuwandte: „Mr. Holmes: Haben Sie einen Anhaltspunkt, ahnen Sie, was da los ist? Ich ertrage das nicht länger! Meine beiden Kinder und mein Eheglück sind in höchster Gefahr! Bitte, helfen Sie mir! Ist sie wirklich ein weiblicher Vampir? Muß ich um meine Kinder fürchten? Helfen Sie mir, sonst bin ich am Ende..."

„Erst mal: Ruhig Blut, Mr. Ferguson!" erwiderte Holmes und bot dem Gast einen Stuhl an. „Ihre Kinder leben noch, Sie leben noch – das ist das Wichtigste. Tatsächlich habe ich einige Anhaltspunkte, aber die kann ich Ihnen noch nicht mitteilen. Aber das ist nicht weiter schlimm, da ich den Fall übernommen habe und ihn auch sicher zu einem guten Ende führen werde. Erzählen Sie mir lieber, was Ihre Frau gerade macht."

„Meine Frau?! Wenn ich das wüßte! Ich habe sie seit dem Vorfall nicht mehr gesehen, noch mit ihr gesprochen. Ich weiß nur, daß ich sie... nein, ich hasse sie nicht! Sie hat mich nur unendlich erschreckt. Wenn das wahr ist, was ich gesehen habe, muß ich sie wohl hassen, und doch kann ich es nicht. Andererseits: Wenn unserem Kind etwas zustoßen würde, wäre es wohl aus mit meiner Beherrschung! Was soll ich nur tun? Ich liebe sie trotz alledem. Als wir sie im Kinderzimmer entdeckten, ehrlich gesagt, da war ich gar nicht mordlüstern, eher war es wohl eine merkwürdige Zwiespältigkeit, von der ich fast auseinandergerissen wurde. Ich weiß einfach nicht, was das alles bedeuten soll. Einerseits hat sie mich in einer Art Verzweiflung angeschaut, die mich völlig hilflos machte... den Blick vergesse ich nie! Bösartig wirkte der nicht! Hilflos und verzweifelt vielleicht, aber es war nicht der Blick einer Mörderin, nicht der Blick einer Vampir-Frau, wie ich sie mir vorstelle! Gesprochen hat sie jedenfalls nicht mit mir, sondern hat sich sofort in ihr Zimmer eingeschlossen. Dolores, ihre Dienerin aus Peru, bringt ihr das Essen. So gesehen, sind auch die Kinder außer Gefahr. Jedenfalls wird das Baby Tag und Nacht von Anne bewacht. Nur Jack, mein Sohn aus erster Ehe, macht mir noch Sorgen. Ich habe einfach Angst, daß er diese Situation nicht ohne seelischen Schaden überstehen wird. Durch seine Rückgratverletzung ist er geschädigt genug. Wir beide lieben uns sehr."

„Das freut mich zu hören, Mr. Ferguson!" unterbrach Holmes den Bericht. „Auch wenn es mich nachdenklich stimmt... Aber sagen Sie: Die Prügel, die Ihr Sohn Jack bezogen hat – waren das Ausnahmen, oder steckt da mehr dahinter?"

„Gute Frage, Mr. Holmes! Ich glaube, dieses Verhältnis ist nicht mehr zu reparieren. Meine Frau haßt ihn, so sagte sie mir jedenfalls mehrfach."

„Naheliegend! Vielleicht eine Art von stiefmütterlicher Eifersucht... Merkwürdig nur, daß die Verletzungen, die sie beiden Kindern zufügte, völlig unterschiedlicher Art sind. Und Jack — hat er Ihrer Gattin irgendeinen ersichtlichen, realen Anlaß für die Schläge gegeben?"

„Wenn ich das nur wüßte! Er bestreitet es, aber das muß nichts heißen. Für mich ist es unverständlich, warum es zwischen den beiden nicht klappt! Ich verstehe mich geradezu blind mit ihm. Und von seiner Veranlagung her ist er der zärtlichste und liebenswürdigste Junge, den man sich vorstellen kann."

„... Ihnen gegenüber!" warf Holmes ein. „Und früher waren Sie beide unzertrennlich — bis zwei für ihn fremde Menschen dazwischenkamen... Hatte er auch zu seiner Mutter eine so intensive Beziehung?"

„Ja, die beiden waren ebenfalls ein Herz und eine Seele!"

„Eine letzte Frage noch: Gibt es einen zeitlichen Zusammenhang zwischen den Angriffen auf beide Kinder?"

„Ja und nein! Beim ersten Mal hatte ich den Eindruck, daß sie ihre Wut an beiden gleichzeitig austoben wollte. Danach traf es nur Jack allein."

„Das klärt einiges für mich — und auch wieder nicht", erwiderte Holmes und erhob sich. „Jedenfalls denke ich, daß ich Ihnen helfen kann. Am besten wird's wohl sein, wenn wir heute noch gemeinsam aufbrechen und nach Lamberley fahren. Hier sind wir entbehrlich, vor Ort werden wir dagegen gebraucht. In London liegt zur Zeit nichts Dringendes an. Außerdem tut uns allen die Fahrt nach Sussex gut. Ich bin gespannt, was bei dieser ‚Vampirgeschichte' herauskommt!"

„Nichts wäre mir lieber als das, Mr. Holmes. Der nächste Zug fährt um 14 Uhr von der Victoria Station."

„Gut, dann sehen wir uns kurz vor der Abfahrt wieder! Meinen Freund, Dr. Watson, nehme ich natürlich mit!"

Ferguson schüttelte Holmes dankbar die Hand und verließ das Haus.

In Lamberley angekommen, deponierten wir unser Gepäck im idyllischen Landgasthof „Chequers" und setzten dann sogleich unseren Weg nach Cheesemans fort. Es war eines jener alten Anwesen, denen man im Lauf vieler Jahre immer wieder ein Stückchen hinzugefügt hatte. Das Äußere hatte zwar dadurch gelitten, dagegen wurde der Besucher durch die Einrichtung mehr als entschädigt. Die antiquarische Eichenholz-Vertäfelung der Wohnhalle zum Beispiel wirkte gemütlich, und überall hingen alte Porträts. Das flackernde Licht des Kaminfeuers, das zur Begrüßung brannte, tauchte alles in warme Farben. Wie immer begierig nach Neuem Ausschau haltend, beschäftigte sich Holmes sofort eingehend mit den zahlreichen, offensichtlich aus Peru stammenden Waffen und Utensilien, die über der Vertäfelung verstreut an der Wand hingen – zweifellos Mitbringsel der Hausherrin, die uns so viele Rätsel aufgab. Kommentierungen seiner Erkenntnisse war ich nicht gewohnt, um so mehr überraschte es mich, als er plötzlich ausrief:

„Ja, wen haben wir denn da? Das lebendige Inventar sollte man doch nic übersehen!"

In einem dunklen Winkel hatte ein Spaniel ein Nickerchen gemacht, war aufgewacht und näherte sich nun, freudig wedelnd, aber seltsam hinkend, seinem Herrn.

„Krank, alt oder beides? Was hat er denn, Mr. Ferguson?" erkundigte sich Holmes und tätschelte dem Hund den Kopf. Dabei sah man dem Detektiv an, daß ihn dieses Thema nicht nur beiläufig interessierte.

„Weder ich noch der Tierarzt wissen da Genaueres", antwortete Ferguson. „Möglicherweise eine Entzündung des Rückenmarks. Es ging bei ihm um Leben und Tod! Er hat es seit etwa vier Monaten; es kam ganz plötzlich, klingt aber zum Glück inzwischen langsam wieder ab."

„Na, so was! Deckt sich völlig mit meinen Theorien", kam da die überraschende Antwort von Holmes. Mit verklausulierten Bemerkungen dieser Art, die ich von ihm seit Jahren gewohnt war, kam er bei Mr. Ferguson an die falsche Adresse. Nervös fuhr dieser den Detektiv an:

„Wenn Sie etwas herausbekommen haben, dann sagen Sie es bitte! Mit Ihren seltsamen Andeutungen verschlimmern Sie nur meine Nervosität!"

„Entschuldigen Sie, Mr. Ferguson", lenkte Holmes ein, sichtlich betroffen. „Ich kann zur Zeit wirklich nicht mehr sagen. Nur dies: Ich bin der Lösung auf der Spur, aber ich fürchte, Sie werden nicht nur glücklich sein, wenn der Fall endlich geklärt ist."

„Mich interessiert nur die Lösung, Mr. Holmes!" reagierte Mr. Ferguson in etwas gemäßigterem Tonfall. „Alles andere ist nebensächlich! Und nun entschuldigen Sie mich bitte für ein paar Minuten; vielleicht kann ich bei meiner Frau endlich etwas erreichen."

Als er mit unverändert trostlosem Blick nach einigen Minuten zurückkehrte, folgte ihm ein dunkelhäutiges Mädchen.

„Nimm den Tee mit, Dolores!" wies er sie an. „Und

kümmere dich um sie. Deine Hilfe hat sie derzeit nötiger denn je."

„Herrin ganz krank!" sprudelte es nun aus dem Mädchen heraus, das einen ganz verzweifelten Eindruck machte. „Braucht Doktor, sonst vielleicht sterben!"

Ein fragender Blick Fergusons traf mich, aber ich hätte auch von mir aus meine Hilfe angeboten:

„Werde ich denn eingelassen?"

„Egal, ich reinlassen! Herrin braucht Hilfe!" Wenn es sein mußte, konnte die junge Peruanerin offenbar äußerst resolut sein.

So folgte ich der jungen Frau in das obere Stockwerk, wo ich Mrs. Ferguson in ihrem Schlafzimmer im Bett vorfand. Ausdruckslos und mit fiebrigem Blick starrte sie mich zunächst an, dann, als sie bemerkte, daß der Besucher nicht ihr Mann war, glitt ein leichtes, befreites Lächeln über ihr wunderschönes Gesicht. Um ihren Puls zu fühlen, griff ich nach ihrer Hand – sie wehrte sich nicht. Ihr Kreislauf war in Ordnung, aber sie hatte hohes Fieber. Offensichtlich führte dieser Zustand nicht von einer echten Erkrankung her, sondern war psychisch bedingt.

„Ist mein Mann in der Nähe?" fragte sie besorgt.

„Nein, aber er würde Sie gerne sehen", antwortete ich.

„Aber ich ihn nicht! Nie mehr!" kam die heftige Antwort. Wohl im Fieberwahn fügte sie hinzu: „Ein Teufel! Unmöglich, gegen den anzukommen! Alles kaputt!"

Was war in die Frau gefahren, daß sie so von ihrem Mann sprach, der sie, wie ich zu wissen glaubte, trotz allem abgöttisch liebte? Oder war mit dieser Äußerung eine ganz andere Person gemeint?

„Aber er liebt Sie doch", warf ich ein.

„Liebe? Ist das Liebe?" kam die bittere Antwort. „Ich habe ihn geliebt, aber seine Unterstellungen sind eine Beleidigung – und alles andere als liebevoll gemeint. Liebe bedeutet Vertrauen zu haben, auch wenn man nicht alles versteht... Aber wenn das Vertrauen zerbrochen ist, ist auch die Liebe tot. Ich will nur noch mein Kind haben, mein Kind! Und darauf habe ich ein Recht! Das können Sie ihm sagen! Und jetzt gehen Sie bitte!" Völlig verwirrt verließ ich den Raum und kehrte zu Holmes und Ferguson zurück, die beide noch in, wie es schien, gedrückter Laune vor dem Kamin saßen. Nachdem ich meinen Bericht beendet hatte, meldete sich Ferguson mit belegter Stimme zu Wort:

„Ein Anrecht auf unser Kind – zweifellos hat sie das, juristisch gesehen zumindest und als Mutter. Aber ob ich verantworten kann, ihr das Kind anzuvertrauen, ist die andere Frage. Wie könnte ich denn, bei aller Liebe, die sie unserem Kind gegenüber empfinden mag, vergessen, was da geschehen ist? Ein blutiges, grausames und schreckliches Ritual hat da doch offensichtlich stattgefunden! Nur wenn ich dabei bin, kann sie das Kind sehen – andernfalls nicht! Ich hätte keine ruhige Minute ohne diese Kontrolle!"

Seine müden Augen leuchteten plötzlich auf, denn er hatte seinen Sohn Jack erblickt, der in diesem Augenblick den Raum betrat. Daß der Junge unter einer Behinderung zu leiden hatte, wußten wir ja bereits – der Gesamteindruck jedoch, den er bot, traf uns völlig unvorbereitet. Einerseits mitleiderregend, andererseits mit einer ungewöhnlichen Portion Selbstbewußtsein ausgestattet, die beim Anblick des Vaters sogleich dahinschmolz – das war das Bild, das dieser blonde und blauäugige Junge bot. Ohne uns auch nur eines Blickes zu würdigen, steuerte er auf seinen Vater zu:

„Daddy, du? Ich dachte, du bist noch in London. Schön, daß du wieder da bist! Ich hab' dich vermißt!"

Der Junge legte seinem Vater die Arme um den Hals und schmiegte sich an ihn. „Ach, Jack!" reagierte Mr. Ferguson fast hilflos angesichts der Zärtlichkeit, mit der er da überschüttet wurde, obwohl er wohl ähnlich empfand. „Ich bin früher zurückgekommen, als geplant, weil Mr. Holmes und Dr. Watson sich terminlich sofort freimachen konnten."

„Mr. Holmes — etwa der Detektiv?"

„Genau der!"

Ein wenig freundlicher Blick des Jungen in unsere Richtung zeigte uns, daß wir nicht gerade willkommen waren.

„Ich würde gern auch noch das zweite Kind sehen", wandte sich Holmes nun wieder an Mr. Ferguson. „Ist das möglich?"

„Aber ja! Jack, sag doch bitte Miß Anne, sie möge das Baby herunterbringen!"

Auf die Bitte seines Vaters hin verließ der Junge mit seltsam wackeligen Schritten den Raum. In Begleitung eines netten Mädchens kam er bald darauf zurück. Anne, die das Baby auf den Armen trug, reichte es an Ferguson weiter, dem das doppelte Vaterglück deutlich anzumerken war. Kein Wunder auch: Es war ein ungewöhnlich hübsches Kind — mit blonden Haaren vom Vater, während der leicht bronzene Teint und die dunklen Augen von der Mutter stammten. Fergusons Blick verdüsterte sich jedoch, als

27

er einen Blick auf den Hals des Babys warf. Daß es grimmige Gedanken waren, die ihn bewegten, konnte man nur ahnen. Holmes' Augen wanderten währenddessen im Raum herum, und sein Blick blieb plötzlich wie gebannt an der Fensterscheibe hängen, die er eine Weile wie hypnotisiert fixierte. Ein erleichtertes Lächeln glitt schließlich über sein Gesicht, und sein Interesse konzentrierte sich wieder auf das Baby, beziehungsweise auf dessen Hals, an dem eine kleine Narbe deutlich zu erkennen war. Nach einer kurzen Untersuchung des Halses bat er Anne zu einem Gespräch unter vier Augen in eine entfernte Ecke des Raumes. Als er zurückkam, hatte ich den Eindruck, daß die Unterhaltung für ihn zufriedenstellend verlaufen war. Gleichzeitig nahm Anne das Baby wieder an sich und verließ den Raum.

„Kommen Sie gut mit ihr aus, Mr. Ferguson?" wollte Holmes wissen, der in einem großen Ledersessel Platz genommen hatte.

„Völlig problemlos! Zwar wirkt sie zunächst etwas verschlossen, aber das Baby liebt sie, als wäre es ihr eigenes."

„Und wie ist das mit dir, Jack? Magst du Anne?"

Der von Holmes unerwartet Angesprochene reagierte mit einem heftigen Kopfschütteln. Als schämte er sich seiner Abneigung, vielleicht auch, um weiteren Fragen zu entgehen, machte er auf dem Absatz kehrt und verschwand.

„Nun, Mr. Holmes", setzte Ferguson das Gespräch fort, „schon irgendwelche Erkenntnisse oder gar die Lösung des Falles?"

„Beides! Aber um einen Einwand gleich vorwegzunehmen: Der Zeitpunkt ist noch nicht da, um Sie vollständig zu informieren."

Ferguson, der bei diesen Worten erregt aufgesprungen war, hatte, wie es schien, Mühe, seine aufsteigende Verärgerung zu dämpfen:

„Ich komme fast um vor Angst um mein Kind und meine Frau, und Sie erklären, es bestehe kein Anlaß für schnelles Handeln!"

„So ist es in der Tat!" bekräftigte Holmes seine Meinung. „Und ich versichere Ihnen, daß Ihrem Kind keinerlei Gefahr droht. Bevor ich Ihnen allerdings die Lösung des Falles mitteile, möchte ich noch einmal mit Ihrer Frau sprechen. Watson, mein Bester, ist sie gesundheitlich in der Lage dazu?"

„Das halte ich aus ärztlicher Sicht für unbedenklich", erwiderte ich.

„Selbstverständlich werden Sie dabei anwesend sein", fuhr Holmes an Ferguson gewandt fort. „Ihre Frau wird ihre ablehnende Haltung ändern, wenn sie meine Nachricht erhält!"

Hastig schrieb er ein paar Worte auf ein Blatt Papier, das er mir dann mit der Bitte reichte, ich möge es Dolores geben. So stieg ich die Treppe erneut hinauf und reichte dem Mädchen den Zettel durch die Tür. Dem freudigen Aufschrei nach zu urteilen, der aus dem Zimmer kam, hatte Holmes ins Schwarze getroffen. Und kurz darauf öffnete eine freudestrahlende Dolores wieder die Tür:

„Mr. Holmes kann kommen!"

Ferguson und mein Freund eilten daraufhin sogleich die Treppe hinauf, und zu dritt betraten wir das Zimmer. Daß die Verstimmung zwischen ihm und seiner Frau keineswegs ausgeräumt war, bekam Ferguson jedoch sofort zu spüren, als er auf das Bett zueilte. Mit weit aufgerissenen Augen und abwehrend vorgestreckten Händen signalisierte ihm seine Frau überdeutlich, was sie von ihm hielt. Resigniert ließ er sich auf einen Stuhl fallen und bedeckte sein Gesicht mit den Händen. Ganz anders die Reaktion von Mrs. Ferguson auf Holmes, der zur Begrüßung nur freundlich mit dem Kopf nickte: Ein warmer, neugieriger Blick empfing ihn. Holmes eröffnete das Vorspiel in der für ihn üblichen, schnörkellosen Art:

„Ich glaube, Mr. Ferguson, daß es hier zunächst nötig ist, zerbrochenes Porzellan zu kitten. Sie haben, wenn ich mal so sagen darf, wie ein Elefant im Porzellanladen gewütet. Ihr Mißtrauen gegenüber Ihrer Gattin ist nämlich völlig unbegründet. Im Gegenteil, Sie haben eine Frau, die sowohl als Ehegattin wie auch als Mutter Ihr uneingeschränktes Vertrauen verdient – und verdiente!"

Was in Ferguson in diesem Augenblick vorging, war nur an den wechselnden Schattierungen seines Gesichtes auszumachen. „Den Beweis dafür liefere ich Ihnen sofort", fuhr der Detektiv fort, „aber eine Enttäuschung in einem anderen Zusammenhang kann ich Ihnen nicht ersparen. Am besten erläutere ich den Fall in der Reihenfolge, wie auch bei mir gedanklich die Aufklärung ablief. Am Beginn stand die Vampir-These – und die habe ich sofort wieder verworfen! Es ist ja völlig absurd, in unserer Zeit die Existenz solcher Fabelwesen zu behaupten! Andererseits mußte ich davon ausgehen, daß Ihre Beobachtung zutreffend war: Sie sahen, wie Ihre Frau sich mit blutverschmierten Lippen vom Bett Ihres Babys erhob, das eine Wunde am Hals hatte. Nur – dafür gibt es auch noch eine andere, viel naheliegendere Erklärung. Sicher ist Ihnen bekannt, daß man Wunden, die von einer Verletzung durch den Biß einer Giftschlange herrühren, mit dem Mund aussaugen muß, um die tödliche Wirkung des Giftes in letzter Sekunde zu verhindern. Das ist die einzige Rettungschance, zumal der Zeitfaktor die entscheidende Rolle spielt."

Gift! Bei diesem Stichwort ging ein Beben durch den Hausherrn, der vor lauter Erregung kein Wort mehr herausbrachte.

„Bei Gift", spann Holmes den Faden fort, „fällt mir natürlich automatisch auch das Stichwort Pfeilgift ein, vor allem, wenn es sich um einen Haushalt handelt, bei dem die Frau aus Südamerika stammt. Den dort lebenden Indianern sind diese ebenso leisen wie wirkungsvollen Waffen nämlich schon seit Jahrtausenden bekannt. Meine letzten Zweifel wurden beseitigt, als ich die altperuanische Waffensammlung an der Wand des Wohnzimmers betrachtete! Ich entdeckte nämlich, daß ein für Pfeile bestimmter Köcher leer war! Was lag da näher, als zu vermuten, daß einer dieser wahrscheinlich an der Spitze vergifteten Pfeile die Verletzung am Hals Ihres Babys hervorgerufen haben könnte. Eine derartige Verwundung hätte den sofortigen

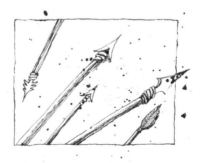

Tod des Betroffenen zur Folge – wenn die Wunde nicht
äußerst schnell ausgesaugt wird. Und genau das tat Ihre
Frau! Derjenige, der den Mord plante, wollte jedoch schon
vorher wissen, wie das Gift wirkt. Was liegt da näher als
ein Tierversuch. In Ihrem Haushalt haben Sie nur ein Tier,
nämlich den Spaniel, und der zeigte eines Tages von einer
Minute auf die andere merkwürdige Lähmungserscheinun-
gen. Ihr Hund war das Versuchsobjekt für einen geplanten
Mord an Ihrem Baby! Und den hat Ihre Frau, durch das
Verhalten von Jack gewarnt, in letzter Sekunde noch verhindern können!"

„Jack? Er soll einen Mordanschlag auf seinen Halbbru-
der verübt haben? Sind Sie wahnsinnig?" tobte Ferguson
nun. „So ist es!" bestätigte Holmes kühl. „Im spiegelnden
Fensterglas konnte ich beobachten, wie Ihr Sohn reagierte,
als Sie das Baby im Arm hatten: Auf seinem Gesicht mal-
ten sich reinster Haß und nichts anderes als Eifersucht! Ihr
Sohn Jack ist behindert und liebt Sie auf eine ungewöhnlich intensive Art. Zwischen ihnen beiden steht jedoch das
Baby – ein Symbol blühenden Lebens, und ebenso geliebt. Das mußte geradezu zu Konfrontationen führen. In
diesem Fall zu fast tödlichen."

„Unfaßbar, was Sie mir da als Erklärung bieten!"
keuchte Ferguson.

„So schmerzlich das auch für Sie sein mag, es ist wahr!
Befragen Sie die einzige Person, die uns den Hergang beschreiben kann, Ihre Frau nämlich", forderte Holmes den
aufgebrachten Mann auf. Er wandte sich an die Frau:
„War es so, wie ich berichtet habe, Mrs. Ferguson?"

„Ganz genau, auch wenn es mir fast unheimlich ist, wie

Sie das herausbekommen haben", hauchte die Angesprochene, die gespannt dem Wortwechsel gefolgt war. Zum ersten Mal blickte die Frau ihren Mann an und rechtfertigte ihr Verhalten: „Dir die Wahrheit zu sagen, Bob, hätte bedeutet, dich zu verletzen. Und das wollte ich unbedingt vermeiden! Jack hat die schrecklichen Vorgänge zwischen uns zu verantworten. Er wollte unser Baby töten! Aber wie hätte ich dir diese Beobachtung schonend beibringen können? Ich sah aus meiner Situation keinen Ausweg. Erst Mr. Holmes hat mir mit seiner kurzen Nachricht einen Weg gewiesen."

„Was mir an Ihrem Verhalten, Madam, einzig und allein noch nicht ganz klar ist", mischte sich Holmes nun wieder ein, „wie konnten Sie verantworten, Ihren jüngsten Sohn tagelang nicht zu bewachen?"

„Ich habe ihn bewacht, Mr. Holmes!" entgegnete Mrs. Ferguson entrüstet. „Anne wußte Bescheid und hat sich entsprechend vorsichtig verhalten!"

Ferguson, der von der überraschenden Lösung des Falls noch erschüttert, zwischen Freude und Kummer hin- und hergerissen war, trat an das Bett und ergriff zärtlich die Hand seiner Frau.

„Wir sind jetzt hier überflüssig", flüsterte mir Holmes zu, und leise verließen wir beide den Raum.

Als wir eine Stunde später im Zug nach London saßen, kam Holmes noch einmal auf das Thema zu sprechen:

„Dieser Fall hat doch wieder einmal bestätigt, daß es für jede noch so ‚übersinnlich' scheinende Geschichte eine ganz normale Erklärung gibt. Mein Verdacht fiel sogleich auf Jack, den Sohn. Da stimmten die möglichen Motive mit meinen Vermutungen überein. Eifersucht hat schon zu manchem Mord geführt, aber Vampirismus – zum Totlachen! Das gibt es nur noch im übertragenen Sinne: Denk an deinen Verleger, Watson, der dich für deine verdienstvolle Chronistentätigkeit mit Trinkgeldern abspeist!" Mit diesen Worten wickelte er sich in seinen Mantel und war bald darauf eingeschlafen.

# Die gefährliche Erbschaft

„Wieder nichts!" fauchte Holmes an einem Maimorgen beim Frühstück und riß mich damit aus meiner allmorgendlichen Schläfrigkeit. Ich sah Holmes an, der zornig an der Pfeife kaute und herausfordernd mit der Abendzeitung vom Vortag wedelte.

„Nichts?" fragte ich. „Gar nichts? Kein Mord, keine Entführung, kein Überfall, die dich reizen?"

„Nein, nichts." Holmes war regelrecht erschüttert. Schon seit Wochen saß er tatenlos zu Hause, und sein ruheloser Verstand suchte dringend nach Aufgaben. So hatte er mich in den letzten Tagen mit den Erinnerungen an frühere Fälle überschüttet, und ich fürchtete schon, daß ich langsam die Geduld verlieren könnte.

„Nichts, außer einem kleinen Fall in Lower Norwood..."

An dieser Stelle wurde Holmes unterbrochen. Im Hausflur hatten wir einen heftigen Wortwechsel zwischen Mrs. Hudson und einem Fremden vernommen.

Kurz darauf kam er ins Zimmer gestürzt. „Sorry, meine Herren!" stöhnte er. „Mr. Holmes? Ich brauche Sie! Sie und keinen anderen!"

Nach einer kurzen Atempause fügte er hinzu: „Mein Name ist McFarlane, John Hector McFarlane!"

„Und ich bin der, den Sie suchen", warf Holmes ebenso irritiert wie belustigt rasch ein. „Bei jedem, der meine Langeweile vertreibt, bin ich ganz Ohr. Um so mehr gilt das, wenn mir ganz ohne Visitenkarte nähere Angaben zur Person gegeben werden. Und auf dieser unsichtbaren Visitenkarte lese ich: Rechtsanwalt, Junggeselle, Freimaurer und – verzeihen Sie – Asthmatiker."

„Sie!" MacFarlane war noch blasser als vorher. „Was erlauben...! Ich meine, was soll das? Ich bin nicht hier, um..."

„Schon gut", beruhigte ihn Holmes. „Das ist so meine Art. Nehmen sie es nicht persönlich. Erzählen Sie uns lieber, was geschehen ist, das sie so außer Atem gebracht hat."

McFarlane, völlig überfordert, ließ sich in einen Sessel fallen und keuchte nur noch. Dabei wanderten seine Blicke ruhelos zwischen uns hin und her. Holmes kurze Begrüßung hatte ihn offensichtlich völlig aus der Fassung gebracht. Doch langsam fing er sich wieder, sein Atem ging ruhiger, und er wagte sogar ein Lächeln. „Leuchtet mir ein, Mr. Holmes! Ja, ich bin Rechtsanwalt... der Rest stimmt auch! Was Sie natürlich auch feststellen konnten, ist, daß ich äußerst nervös bin. Ich bin völlig und absolut unschul-

37

dig – trotzdem sucht man mich als Mörder! Und, wenn mich nicht alles täuscht, ist man mir schon auf den Fersen. Garantieren Sie mir bitte zumindest, daß ich noch die Zeit bekomme, Ihnen die Hintergründe und alle Fakten aus meiner Sicht zu schildern. Wenn Sie dann noch den Fall übernehmen, kann ich guten Gewissens ins Gefängnis gehen!"

„Das klingt ziemlich dramatisch!" warf Holmes ein. „Was wirft man Ihnen denn vor?"

„Einen Mord, wie schon gesagt. Ich soll Mr. Jonas Oldacre aus Lower Norwood umgebracht haben!"

„Oh, mehr nicht? Vor einer Stunde erst habe ich den für mich so beklagenswerten Rückgang der Schwerstkriminalität beklagt. Na, so was! Aber nun im Ernst, was ist geschehen? Und wie sind Sie in den Fall verwickelt?"

„Bis über beide Ohren – wenn man der Presse und den Schlagzeilen von heute glaubt! Im *Daily Telegraph* heißt es schon in der Überschrift, man sei dem Täter – also mir – bereits auf der Spur. An der Londoner Bridge Station hat man mich, glaube ich, erkannt, denn ich wurde verfolgt. Vermutlich wird in den nächsten Minuten hier jemand mit einem Haftbefehl auftauchen."

„Dann bleibt uns nicht viel Zeit zur Aufklärung!" warf Holmes ein. „Watson, mein Lieber, lies doch bitte den Artikel vor!"

Die rot unterstrichenen Schlagzeilen sprangen mir fast ins Gesicht: *Mord an Bauunternehmer! Hinrichtung auf dem Scheiterhaufen? Polizei verfolgt mutmaßlichen Täter!* Erheblich seriöser und zurückhaltender war dann der Text:

*Durch die Feuerwehr kam die Polizei in Lower Norwood gestern nacht einem mutmaßlichen Kapitalverbrechen auf die Spur. Aus noch ungeklärten Gründen war ein Stapel mit im Freien lagerndem Kaminholz in Brand geraten. Das Feuer konnte gelöscht werden, vom Holz aber blieb außer nasser Asche nichts mehr übrig! Auch konnte die Ausweitung der Flammen verhindert werden – als sensationell müssen dagegen die Begleitumstände des Falles betrachtet werden!*

*Deep Dene House, so der Name des fraglichen Anwesens, gehört Mr. Jonas Oldacre, einem ehemaligen Bauunternehmer, knapp 65 Jahre alt, der sich aus dem aktiven Geschäftsleben zurückgezogen hat und dort, nur mit einer Haushälterin, seinen Ruhestand verlebt. Schon bei der Bekämpfung des Brandes fiel den Feuerwehrleuten auf, daß Mr. Oldacre nicht zugegen war, obwohl der Brand gegen Mitternacht ausgebrochen war. Ermittlungen der Brandfahndung ergaben dann, daß er spurlos verschwunden war, ohne daß seine Haushälterin über seinen Verbleib Auskunft geben konnte. Sein Bett war unbenutzt, sein Zimmer in einem chaotischen Zustand: Diverse Dokumente aus dem offenen Safe waren übers ganze Zimmer verteilt. Etlichen Blutspuren zufolge hatte ein Kampf stattgefunden. Wie die Pressestelle der Polizei mitteilt, hatte Mr. Oldacre am späten Abend noch einen Besucher, dessen Identität anhand eines teuren Spazierstockes festgestellt werden konnte.*

*Dabei handelt es sich um einen jungen Londoner Rechtsanwalt namens McFarlane, gegen den, wie wir soeben erfahren, Haftbefehl ergangen ist. Weitreichende Schlußfol-*

*gerungen über den Hergang der Tat lassen sich daraus gewinnen, daß die Fenster im Parterre offen waren. Auch hat die Polizei Schleifspuren am Boden festgestellt. In der Asche des Kaminholzes fand man einige verkohlte Knochenreste! Offenbar hat der Täter sein Opfer nach dem Kampf auf den Holzhaufen gelegt und diesen dann angezündet, um die Ermittlungen zu erschweren. Wie Inspektor Lestrade unserer Zeitung auf Anfrage mitteilte, steht er unmittelbar vor weiteren sensationellen Enthüllungen.*

„Ein ganz schlechter journalistischer Stil ist das!"

Holmes, der dem Bericht mit äußerster Konzentration gefolgt war, war wütend. „Das ist ein klarer Verstoß gegen den Ehrenkodex dieses Berufes. Vorverurteilungen gelten als journalistische Todsünde! Auch da gilt, wie auch vor Gericht, zuerst einmal die Unschuldsvermutung zugunsten des Verdächtigen zu bringen! *In dubio pro reo* – im Zweifel für den Angeklagten. Das bleibt auch so bis zum rechtskräftigen Urteil! Aber zurück zu Ihnen, Mr. McFarlane. Warum hat man Sie nicht schon längst hinter Gitter gesteckt?"

„Das ist eigentlich reiner Zufall! Ausnahmsweise habe ich nämlich nicht bei meinen Eltern in Blackheath übernachtet. Durch den späten Termin bei Mr. Oldacre ist es spät geworden, und ich habe in einem Hotel in Norwood geschlafen. Von da bin ich heute morgen direkt in mein Büro gefahren. Auf meinem Schreibtisch sah ich dann den *Daily Telegraph*... Anlaß für mich, Sie sofort aufzusuchen!"

„Ja, das klingt logisch. Und die Schritte auf der Treppe

sagen mir, daß die Baker Street mal wieder eine begehrte Adresse ist!"

Lestrade, unser alter Bekannter, war – ohne anzuklopfen – in Begleitung von zwei uniformierten Gesetzeshütern hereingepoltert und hatte mit grimmigen Blick sogleich unseren Gast ins Visier genommen.

„Mr. John Hector McFarlane, wenn ich mich nicht täusche! Sie sind verhaftet! Da ich Sie hier bei Meisterdetektiv Holmes antreffe, ist anzunehmen, daß Sie den Grund kennen. Ich verhafte Sie wegen des Mordes an Mr. Jonas Oldacre in Lower Norwood! Ich mache Sie darauf aufmerksam, daß alles, was..."

„Stop, Lestrade!" fuhr ihm Holmes grob in die Parade. „Diesen Text kennt mein Mandant. Außerdem ist er noch nicht fertig mit seinem Bericht! Geben Sie uns noch etwas Zeit – vielleicht hilft es auch Ihnen bei der Wahrheitsfindung?"

„Sie machen mir Spaß, Holmes. Der Fall ist doch sonnenklar. Aber, meinetwegen, ein paar Gefälligkeiten bin ich Ihnen noch schuldig. Ich gebe Ihnen eine halbe Stunde, nicht länger!"

„Danke, verehrter Kollege!" Holmes nickte zufrieden und gab McFarlane einen Wink. „Und nun, fahren Sie fort!"

„Ich beginne am besten mit Mr. Oldacre, dem Opfer. Genaugenommen weiß ich wenig über ihn. Vor langer Zeit einmal waren meine Eltern mit ihm befreundet. Da war ich aber noch ein kleiner Knirps. Daß ich überrascht war, als er gestern nachmittag in meinem Büro auftauchte, können Sie sich denken. Ohne lange Erläuterungen, nur mit dem

Hinweis, das sei sein Testament, hat er mir ein paar handgeschriebene Blätter auf den Schreibtisch gelegt. Ich solle das juristisch überarbeiten, damit es nicht angefochten werden könne.

Bei der Lektüre habe ich mich sehr gewundert. Fast sein gesamtes Vermögen wollte er mir vermachen! Auf meine verwirrte Frage, wie ich zu der Ehre komme, begründete er das mit dem Mangel an Verwandtschaft und unter Hinweis auf meine Eltern, die er in guter Erinnerung habe. Erbschaften vermache man außerdem sinnvollerweise jungen Leuten, zumal hoffnungsvollen, und da ich sicher bald eine Familie gründen würde, wäre das ein guter Grundstock.

Vor lauter Verwirrung habe ich kaum arbeiten können. Das war alles viel zu schön, um wahr zu sein! Nach einer halben Stunde aber war's geschafft, meine Sekretärin hat die Richtigkeit bezeugt. Beide Dokumente habe ich dabei. Oldacre äußerte dann den Wunsch, ich möge doch am späten Abend bei ihm vorbeikommen, weil — auch im Hinblick auf das Testament — noch eine Reihe von Dokumenten zu sichten und zu ordnen seien. Bedingung dabei war, daß ich meinen Eltern vorher nichts sagen dürfe. Das solle eine Überraschung sein.

Unter einem Vorwand habe ich daraufhin telegrafisch meinen Eltern gegenüber meine Abwesenheit für den Abend entschuldigt. Um 21 Uhr waren wir verabredet, aber da ich Probleme hatte, sein Haus zu finden, kam ich erst eine halbe Stunde später an. Eine Frau, wohl seine Haushälterin, öffnete mir. Oldacre hatte mich offensichtlich angekündigt, denn meinen Namen kannte sie. Und kochen konnte sie auch, wie ich anhand des Fasans feststellen konnte, den sie uns zum Abendessen servierte. So war ich körperlich gut für die Arbeit vorbereitet, die nun folgte. Ich prüfte und begutachtete unzählige vermögensrechtliche Dokumente. Das Ganze fand in seinem Schlafzimmer statt, in dem sich auch sein Safe befand. Kurz vor Mitternacht hat er mich durch die offene Terrassentür hinausbegleitet. Ohne meinen Stock, den ich irgendwo abgestellt und nicht wiedergefunden hatte, bin ich ins Hotel ‚Anerly Arms‘, um dort zu übernachten, denn der letzte Zug war längst weg.“

„Und Ihre letzte Chance, Ihren Kopf zu retten, ist mit diesem Märchen auch im Eimer!“ polterte Lestrade. „Für wie dämlich halten Sie eigentlich Scotland Yard?“

Es war unverkennbar, daß Lestrade ihm wirklich kein Wort dieser Geschichte glauben würde. Und das, was McFarlane da erzählt hatte, war auch reichlich unglaubwürdig.

„Sie warten draußen – mit den beiden Herren!“ schnauzte er jetzt den verängstigten Anwalt an. „Mit Holmes habe ich noch ein paar Sachen unter vier Augen zu besprechen.“

Kurz darauf hatten die drei das Zimmer verlassen, und Holmes ergriff die Initiative: „Was halten Sie denn von den handschriftlichen Dokumenten, dem Entwurf des Testaments?“

„Interessiert mich nicht – bis auf den entscheidenden Punkt, daß der Hauptbegünstigte möglichst schnell die Erbschaft antreten wollte!“

„Sie verstehen meine Frage nicht, Lestrade“, sagte Holmes mit aufreizender Ruhe. „Schauen Sie sich doch mal das Schriftbild genauer an!"

„Na und?" Lestrade wirkte, als würde er im nächsten Moment explodieren. Für ihn war der Fall ja längst gelöst, und die – wie er meinte – überflüssige Detailbesessenheit meines Freundes schien nur geeignet, von den großen Linien seines Falles abzulenken. Auch hinderten ihn die Überlegungen von Holmes daran, seinen Erfolg so richtig auszukosten. Zumindest in diesem Fall wollte er triumphieren, nachdem ihm Holmes in der Vergangenheit oft genug die Butter vom Brot genommen hatte, wie man so treffend sagt. Insofern war es auch durchaus kein Widerspruch, daß sich bei ihm jetzt sein grundsätzlicher Respekt vor dem Meisterdetektiv mit kräftiger Verärgerung mischte.

„Dem geschulten Verstand eines Lestrade wird es trotzdem nicht schaden, einen Blick auf diese Dokumente zu werfen", kam ihm Holmes mit sanfter Ironie entgegen. „Es ist schon auffällig, daß der Entwurf drei Schreibarten aufweist, obwohl da nur Oldacre als Schreiber tätig war. Drei Abschnitte sind ziemlich leicht zu lesen. Die Zeilen dazwischen schwimmen und sind nur schwer zu entziffern. Und an drei Stellen ist der Text praktisch unleserlich! Das ist doch einfach damit zu erklären, daß Oldacre das Schreiben im Zug verfaßt hat."

„Erste oder zweite Klasse?" Auch Lestrade war durchaus zur Ironie fähig.

„Na, Lestrade", war Holmes eines Moment verblüfft, „äh, immerhin! Ist doch klar, daß die Schrift immer lesbar ist, wenn der Zug Station machte, schwer lesbar, wenn er

44

fuhr – und bei den unleserlichen Stellen ist der Zug über Weichen gerattert! Wenn er in letzter Minute und unmittelbar vor Abfahrt eingestiegen ist, muß es sich um eine Strecke mit drei Stationen dazwischen handeln. Da ich mich mit dem Zugfahrplan recht gut auskenne, stelle ich fest: Das ist die Strecke zwischen Norwood und London Bridge. Das heißt also, daß Oldacre seinen letzten Willen unmittelbar auf der Fahrt zu Mr. McFarlane aufgeschrieben hat. Als zweite Schlußfolgerung ergibt sich daraus, daß er, der Ruheständler, der genügend Zeit hätte, Willenserklärungen solcher Tragweite gründlich auszuarbeiten, sie schnell und auf den letzten Drücker skizziert hat. Da steckt meiner Meinung nach etwas ganz anderes dahinter!"

„Nein, Holmes! Da bin ich ganz anderer Ansicht. Da steckt überhaupt nichts dahinter. Ältere Leute sind manchmal sprunghaft, das wissen Sie genau!"

„Das ist nur eine Vermutung – nicht mehr, nicht weniger!"

„Also, hören Sie mal! Man kann Fälle auch komplizierter machen, als sie sind! Der hier ist doch sonnenklar. McFarlane wollte nicht einen Tag auf das unverhoffte Erbe warten. Um daher ein wenig nachzuhelfen, mußte McFarlane dem Herrgott ins Handwerk pfuschen. Irgendwie hat er es fertiggebracht, am späten Abend noch bei Oldacre vorbeikommen zu können, als die Haushälterin, wie er meinte, bereits im Bett war. Dann hat er den Alten umgebracht, auf den Holzhaufen gelegt und diesen angezündet. Da die Blutspuren ziemlich schwach sind, nehme ich an, daß er sie in der Dunkelheit gar nicht bemerkt hat. Aus seiner Sicht war es insofern also ein perfektes, weil spurenloses Verbrechen. Das ist für mich so klar wie Zitronengelee."

Holmes, der auch über diesen Vergleich etwas verblüfft war, konterte mit seiner Lieblingsmethode. Er verunsicherte Lestrade mit einer Reihe von Fragen, anstatt auf das Gesagte einzugehen:

„Würden Sie – anstelle von McFarlane – ausgerechnet schon den Tag der Testamentsunterzeichnung für einen Mord wählen? Wäre das nicht sehr verdächtig?

Würden Sie einen Mord begehen, nachdem Sie kurz zuvor von einer Zeugin, der Haushälterin, gesehen wurden? Würden Sie schließlich nach einem Mord auch noch Ihre Visitenkarte, also Ihren Spazierstock, hinterlassen?

Würden Sie mir nicht vielmehr zustimmen, wenn ich die Vermutung wage, daß sich da etwas anderes abgespielt hat, daß man da die Polizei für dumm verkaufen will?"

„Also Mr. Holmes! Für dumm verkaufen lasse ich mich weder von Verbrechern noch von...! Für mich zählen Tatsachen! Und daß Verbrecher in ihrer begreiflichen Nervosität auch Fehler machen, entspricht meinen langjährigen Erfahrungen! Aber gestatten Sie mir mal eine Gegenfrage: Wie war es denn nach Ihrer Meinung?"

„Da fragen Sie mich zuviel! Ich behaupte im übrigen ja gar nicht, daß ich es schon weiß! Nur bin ich der Meinung, daß es nicht so war, wie man es hinstellte. Es könnte zum Beispiel ein Landstreicher gewesen sein, der – nachdem McFarlane das Haus verlassen hatte – Oldacre durchs Fenster beim Sortieren der Dokumente beobachtete, vielleicht auf Aktien oder andere, nicht namentlich notierte Papiere tippte, eindrang, Oldacre erschlug und..."

„Kennen Sie etwa einen Landstreicher, der mit Aktien spekuliert?" kam die recht höhnische Antwort. „Holmes, wieso sollte sich der nur in Ihrer Phantasie vorhandene Landstreicher denn die Mühe machen, Oldacre zu verbrennen? Das ist doch völlig überflüssig!"

Jetzt hatte ich den Eindruck, daß sich in Holmes' Zügen ein Hauch von Betroffenheit bemerkbar machte. So unlogisch waren die Argumente des Inspektors ja nun nicht! Indes, mein Freund — ein Weltmeister auch bei Finten und in Sachen Pokern — hielt tapfer dagegen: „Vernichtung eines wichtigen Beweismittels, lieber Lestrade!"

Lestrade schien fast ein wenig enttäuscht zu sein. Er hatte vermutlich mit mehr Brillanz gerechnet. So runzelte er unwillig die Stirn und holte zu seiner Abschiedsrede aus.

„Erstens fehlen nach unseren Ermittlungen überhaupt keine Papiere! Und zweitens: Bringen Sie den Landstreicher — am besten gleich mit unterschriebenem Geständnis! Dann bin ich durchaus bereit, mit Ihnen weiter zu diskutieren!"

Damit knöpfte er seinen Mantel zu, drehte sich auf dem Absatz um und ging.

Holmes aber stürzte sich in hektische Aktivitäten. „Ich werde mich mal in Blackheath umschauen, bester Freund. Nicht in Norwood! Unser Freund Lestrade konzentriert seine Aufmerksamkeit viel zu stark auf den Schauplatz des undurchsichtigen Geschehens. Ihn kümmert nur das Verbrechen selbst. Für mich dagegen steht außer Zweifel, daß sich des Rätsels Lösung hinter dem Testament verbirgt. Irgend etwas stimmt nicht mit diesem Dokument, das da jemanden so urplötzlich und kaum erklärbar begünstigt!"

Mit diesen Worten verabschiedete sich mein Freund.

Erst spät am Abend kam er wieder. Ganz gegen seine Gewohnheit erzählte er mir sofort vom Stand seiner Ermittlungen.

„Ich komme einfach nicht weiter. Mein Instinkt sagt mir, daß McFarlane unschuldig ist. Die Fakten aber sprechen dagegen. Alles sieht so aus, als würde er den unschuldig Verfolgten nur mimen. Die Situation wird gefährlich, denn Lestrade bekommt Oberwasser. Da bahnt sich eine Tragödie an... und eine Blamage für mich.

Was ich in Blackheath bei der Mutter von McFarlane erfahren habe, ist eine seltsame Geschichte. Und dummerweise liefert sie auch noch ein denkbares Motiv für den Mord!

In jungen Jahren war Oldacre mal mit der Mutter des jungen McFarlane verlobt. Sie hat mir erzählt, daß er damals sehr verliebt in sie war, was ja stimmen kann, immerhin hat er niemals geheiratet. Reich war er auch, und sie wußte lange selbst nicht genau, warum sie gezögert hat. Doch dann hat sie durch Zufall entdeckt, daß er ein grausamer Tierquäler war. Danach hat sie der Werbung eines ärmeren Konkurrenten nachgegeben – McFarlanes Vater. Oldacre hat ihr, sozusagen als Quittung, zur Hochzeit ein gräßlich verunstaltetes Porträt geschenkt. Übrigens mit Sprüchen, in denen er ihr ewige Rache schwört.

Das Testament zugunsten ihres Sohnes hält sie für einen hinterhältigen Trick. Die Annahme der Erbschaft wäre überhaupt nicht in Frage gekommen. Es wird dich nicht wundern, daß sie den Mord an Oldacre für höhere Gerechtigkeit hält – und ihren Sohn für völlig unschuldig!

Das entspricht zwar mehr oder minder auch meiner Überzeugung, aber Beweismaterial habe ich nicht gefunden.

In Norwood dagegen habe ich zwar einiges ermitteln können, aber ob es uns weiterbringt, steht noch in den Sternen. Im Augenblick bin ich da eher pessimistisch.

Ich habe eine Geländeskizze mitgebracht. Wie du siehst, kann man von der Straße direkt in Oldacres Zimmer hineinblicken... der Landstreicher könnte ihn also tatsächlich beobachtet haben.

Die Polizei hat übrigens einen neuen Fund gemacht, der fast zu perfekt ihr Indiziengerüst untermauert. Ein paar Hosenknöpfe haben sie aus der Asche herausgeklaubt, halb zerschmolzen, aber immerhin! Die Haushälterin bestätigte mir später, daß sie von der Hose stammen, die Oldacre am Vortag angehabt habe.

Und meine eigene Spurensuche war gänzlich umsonst. Nur die schwachen Blutspuren kamen mir reichlich frisch vor, aber das kann alles mögliche bedeuten! Vielleicht aber ergibt die Analyse des Dokumentenbestandes noch einige Anhaltspunkte zugunsten unseres Mandanten. So konnte ich schon bei der Durchsicht der Kontoauszüge nichts von dem vermeintlichen Reichtum Oldacres aus seinem Baugeschäft feststellen, zumal er hohe Auszahlungen an einen gewissen Mr. Peter Cornelius verbucht hatte. Den möchte ich gerne noch kennenlernen. Wenn Cornelius das als Provision oder Maklergebühr erhalten hat, heißt das ja im Umkehrschluß, daß erhebliche Vermögenswerte da waren, da sind! Nur wo? Die Haushälterin ist auch ein Kapitel für sich. Aus ihr habe ich so gut wie nichts herausgekriegt. Sie ist eine unsympathische, vergrämte und verschlossene Frau mit einem Hauch von Hinterhältigkeit! Sie hat McFarlane angeblich um 21.30 Uhr hereingelassen. Um 23.30 Uhr ist sie ins Bett gegangen. Erst durch den Feueralarm ist sie, sagt sie, aufgewacht!

Das war es dann auch schon. Vielleicht tröstet mich ja die Nacht mit Träumen, die mich diesen Ärger eine Weile vergessen lassen. Die Realität ist wirklich schlimm genug. Und ich gebe es zu... Mißerfolge verkrafte ich nicht so leicht! Und vielleicht sieht morgen alles schon ganz anders aus."

Aber am anderen Morgen erhielt Holmes einen gewaltigen Tiefschlag: Ein Telegramm von Lestrade! Darin teilte er uns kurz und unverblümt, wahrscheinlich auch mit einiger Schadenfreude, mit, daß die Beweiskette gegen McFarlane nun endgültig geschlossen sei und Holmes sich besser wieder dem Kulturleben der Weltstadt widme.

„Hochmut kommt vor dem Fall", schnaubte Holmes. „Komm, mein Freund, auf nach Norwood! Dem zeigen wir's!"

Überraschen konnte uns die Selbstsicherheit nicht, mit der uns Inspektor Lestrade in Norwood entgegentrat. Und ich gönnte ihm fast den Moment des Triumphes über Holmes, auch wenn ich mir nicht sicher war, ob ich genauso reagiert hätte. „Na, Mr. Holmes, wo ist denn der Landstreicher?" begrüßte er meinen Freund. „War wohl nicht aufzufinden. Dafür kann ich Ihnen einiges bieten. Kommen Sie mit!"

Wir folgten ihm in die dunkle Eingangshalle des Hauses, bis zum Kleiderständer. Lestrade wollte seinen Sieg nun auskosten, zündete ein Streichholz an und hielt es gegen die Wand.

„Schauen Sie genau hin, Holmes! Blutflecken und Fingerabdrücke! Von McFarlane natürlich. Der Geschworene, der einem solchen Beweis nicht folgt, den müssen Sie erst erfinden."

Lestrade drehte sich schwungvoll zu Holmes um und erwartete sichtlich, einen gebrochenen Mann zu sehen. Doch im Gegenteil!

„Das war's in der Tat, Lestrade!" Die Augen meines Freundes funkelten.

„Schaut fast so aus", spottete er, „als hätten Sie ihn bestochen, Lestrade, damit er Ihnen die Beweismittel so perfekt liefert!"

Mit einem verächtlichen Blick streifte er Lestrade, der den unvermittelten Angriff scharf und sehr verärgert konterte.

„Ist das Ihre neueste Methode, Holmes, mich als eine Mischung aus Dummkopf und Korruptheit hinzustellen? So nicht, Holmes! Hier sind Sie über eine Grenze gegangen! Auch Großzügigkeit und Geduld haben ihre Grenzen! Den Abdruck haben wir heute morgen entdeckt – und er beseitigt ja wohl die letzten Unklarheiten! Oder?"

„Ja, ja, lieber Lestrade", beschwichtigte ihn Holmes. Dann betrachtete er Lestrade aufmerksam. Schließlich fragte er ihn: „Haben Sie meinem Mandanten heute nacht zufällig Ausgang gewährt?"

Jetzt explodierte Lestrade. Zornig fuhr er Holmes an: „Wie kame Ich denn dazu, cinen feigen und verlogenen Mörder laufenzulassen? Wenn Sie noch weitere, hoffentlich bessere Fragen haben – ich bin im Wohnzimmer und schreibe da meinen Abschlußbericht."

„Da schreibt er fleißig", bemerkte Holmes bissig, als Lestrade schon längst gegangen war. Auch wenn ich Lestrades Auftreten recht überheblich gefunden hatte, die seltsame Ruhe und Zuversicht Holmes' war mir unerklärlich. „Mir ist nicht klar, worauf du hinauswillst, Holmes?" sagte ich.

„Auf jeden Fall habe ich wieder ein Fünkchen Hoffnung. Denn sieh mal, Lestrades angeblich todsicherer Beweis ist keiner. Ganz im Gegenteil! Auch den Bereich um die Garderobe habe ich gestern genauestens untersucht. Und da war der Blutfleck mit dem Fingerabdruck noch nicht da. Komm, wir gehen ein bißchen nach draußen!"

Diese Antwort, in der ein Hauch von Sensation mitschwang und die gleichwohl die Neugierde nicht befriedigen konnte, war typisch für Holmes. Nun war ich entsprechend verwirrt und folgte meinem Freund in den Garten, wo er nichts anderes tat, als die architektonischen Details des Gebäudes zu studieren.

Wieder im Gebäude, untersuchte er jedes Zimmer und jeden Raum vom Keller bis zum ersten Stock. Schlau wurde ich nicht draus, aber ich verfolgte sein Tun aufmerksam. Erst recht verblüfft war ich, als er im oberen Flur wieder jenen fröhlich verschmitzten Gesichtsausdruck bekam, der sich bei ihm immer dann einstellte, wenn er sich als Sieger wähnte.

„Und jetzt ist eine kleine Revanche fällig", feixte er. „Unser Beamter braucht mal wieder einen Dämpfer. Diese Schlafmütze. Fast hätte er einen Unschuldigen geopfert."

Mit gequälten Gesichtszügen saß Lestrade im Wohnzimmer über seinem „Abschlußbericht" und wollte bei unserem Anblick – der ihm sichtlich wenig willkommen war – gerade wieder lospoltern, als Holmes ihm einen seelischen Kinnhaken verpaßte:

„Warum machen Sie sich so viel Mühe, Lestrade? Es ist eh alles umsonst, weil Sie es noch mal schreiben müssen!"

„Noch so eine Frechheit, Holmes", bellte der Inspektor zurück, „und Sie haben einen Freund weniger! Was hat denn der Herr Detektiv für neue Erkenntnisse?"

Holmes entgegnete ganz ruhig: „Ich habe gerade den Hauptzeugen ausfindig gemacht, und ganz nebenbei habe ich auch den Täter und das vermeintliche Opfer entdeckt. Das sind nun mal Aspekte, die bei Ihrem Fall ja nicht ganz unwichtig sind!"

Im Stehen hätte Lestrade diesen Konter sicher nicht überstanden. Da er bereits saß, begnügte er sich damit, rot anzulaufen und ein paarmal nach Luft zu schnappen. Nur aus den Augen blitzte noch so etwas wie Wut: „Dann holen Sie Ihren Hasen mal aus dem Hut, Sie Magier!"

„Bin schon dabei", antwortete Holmes vergnügt. „Aber als Assistenten benötige ich ein paar Leute! Wie viele Polizisten sind in der Nähe?"

„Drei – ich hole sie her!"

Holmes trug den drei Uniformierten, die sich kurz darauf einfanden, auf, zwei Strohballen und zwei Eimer mit Wasser in den ersten Stock zu schaffen. Nachdem er sich vergewissert hatte, daß auch Streichhölzer vorhanden und die Fenster geöffnet waren, bildeten wir einen lockeren Kreis um das seltsame Szenario. Bei Lestrade war, seinen

Blicken nach zu urteilen, wieder höchste Explosionsge-
fahr. Die Polizisten nahmen es eher von der spaßigen Seite
– und mein Freund war ganz in seinem Element!

Mit allerlei Gesten und Ansagen und Zaubersprüchen
versuchte er – ganz im Stil eines Magiers –, der Situation
heitere Seiten abzugewinnen. Schließlich wies er mich an,
das Strohfeuer zu entfachen. Sekunden später schon loder-
ten die Flammen auf, und der Rauch trieb, durch einen
Luftzug von draußen begünstigt, über den Flur.

„Und jetzt", forderte uns Holmes mit theatralischer Ge-
stik eindringlich auf, „und jetzt brüllen wir alle zusammen
dreimal hintereinander ‚Feuer'!"

Wir taten, wie befohlen – und das so laut, daß selbst
weiter entfernt wohnende Nachbarn wahrscheinlich noch
die Feuerwehr alarmierten.

Gerade holten wir reichlich erschöpft wieder Luft, als etwas passierte, was in der Tat wie ein Stück aus der Nummer
eines Zauberers anmutete: Am Ende des holzvertäfelten
Ganges, wo man allem Anschein nach nur eine Wand vermuten mußte, öffnete sich eine Tür, und ein Mann taumel-
te heraus.

„Darf ich vorstellen, meine Herren", sprach Holmes
und wies mit großer Geste auf die hustende Gestalt, „der
Hausherr und Hauptzeuge, der Drahtzieher dieses Dra-
mas, Mr. Jonas Oldacre!"

„Wer...? Wo...? Was soll das, Oldacre?" Lestrade
keuchte nur noch, so daß ich als Mediziner Angst haben
mußte, daß seine vor Wut geschwollenen Adern platzten.

„Wieso?" Oldacre fühlte sich sichtlich unwohl, wie auch
das Flackern seiner Augen verriet. „Dahinten ist meine Ex-

perimentierkammer! Wollen Sie mir etwa verbieten, daß ich mich dahin zurückziehe?"

„Zu Ihren Experimenten, Sie Wahnsinniger", brüllte Lestrade nun, „gehört es wohl auch, einen Unschuldigen an den Galgen zu bringen? Wäre nicht mein Kollege gewesen", dabei schaute er Holmes an, der daraufhin fast errötete, „hätten Sie das auch geschafft!"

„Ach das", druckste der Alte mit gequälter Mimik, „ein Scherz – nicht mehr!"

„Ich verspreche Ihnen, daß Ihnen Ihre makabre Art von Humor noch vergehen wird", drohte ihm Lestrade. Dann befahl er, mit Blick auf die Uniformierten: „Festnehmen!"

Sichtlich betroffen und um Wiedergutmachung bemüht, wandte sich Lestrade dann an Holmes:

„Sorry, großer Meister! Und danke! Eine außergewöhnliche Leistung. Dem armen McFarlane haben Sie einen tödlichen Gang erspart – und mir eine ebensolche Blamage!"

Ich hatte schon oft festgestellt, daß es zu den erfreulichen Eigenschaften meines Freundes gehörte, daß er selbst in seinen Triumphphasen noch Rücksicht auf das Selbstwertgefühl seines Gesprächspartners nahm. Begütigend, fast kameradschaftlich klopfte er dem Inspektor auf die Schulter und sagte: „Kein Grund zur Zerknirschung, verehrter Freund! Ein paar Korrekturen in Ihrem Bericht... und wir haben beide etwas davon. Bei Ihnen ist vielleicht eine Beförderung, auf jeden Fall aber ein Lob fällig – und mein Honorar von McFarlane bekomme ich sowieso. Über meine Mitwirkung brauchen Sie nicht berichten!"

„Noch nicht einmal eine Erwähnung?"

„Nein, Lestrade, Sie kennen doch mein Motto: ‚Tu Gutes, aber rede nicht darüber!' Na ja, ganz stimmt's zwar nicht", meinte er augenzwinkernd, „das wäre ja fast geschäftsschädigend... und außerdem habe ich noch einen Chronisten, der es sich zur Lebensaufgabe gemacht hat, meinen Ruhm zu mehren. Aber jetzt werfen wir noch einen Blick in die sogenannte Experimentierkammer!"

Wie erwartet, war nichts zu sehen von irgendwelchen Apparaten, die uns Oldacre aufgetischt hatte. In dem Raum standen nur einige Möbel, Lebensmittel und belanglose Kleinigkeiten, ein typisches Versteck für Leute, die, zumindest zeitweise, das Licht der Öffentlichkeit scheuen. Ein paar Tage ließ es sich da schon relativ gut leben. Schließlich war es ja auch kein Gefängnis, sondern lediglich ein Versteck, das Oldacre durch eine Drehung an einer Wandleuchte leicht öffnen konnte. Daß es ihm als ehemaligem Bauunternehmer keine Probleme bereitet hatte, dieses „Geheimfach" in sein Haus einzubauen, war auch klar.

„Falls Sie sich fragen", wandte sich Holmes an Lestrade, „wie ich draufgekommen bin... ganz einfach! Die beiden Flure sind nicht gleich lang! So etwas entgeht mir nie, und die Schlußfolgerungen ergeben sich fast von selbst. Den Hinweis, daß er sich im Haus versteckte, verdanke ich Ihrem letzten, vermeintlich todsicheren Beweis.

Gestern, als ich hier war, war er noch nicht da, also konnte er nur heute nacht angebracht worden sein. Ich denke, daß McFarlane eins der Dokumente mit seinem Daumen-Abdruck versiegelt hat. Vom Siegellackabdruck einen Wachsabdruck zu machen und den mit Blut zu befeuchten und an die Wand zu drücken, war kein Problem.

Damit hatte er den jungen Anwalt doch schon halb am Galgen!"

„Meine Bewunderung vor Ihrer Brillanz kann und will ich nicht verbergen, lieber Holmes! Aber mir fehlt ein Motiv. Warum wollte Oldacre denn den jungen McFarlane auf solch eine Art töten?"

„Gute Frage, Lestrade!" erwiderte Holmes, dem die Wandlung des Inspektors nicht entgangen war. „Wahrscheinlich hatte er zwei Gründe, was ja so oft der Fall ist! Einmal ist es die Rachsucht eines gedemütigten Freiers. Kränkungen dieser Art vergißt ein Mann nicht so schnell! Außerdem wurde ihm ein ärmerer Konkurrent vorgezogen. Das hat die Rachsucht wohl so dauerhaft werden lassen. Dabei war Oldacres Methode ebenso hinterhältig wie wirkungsvoll. Oder gibt es etwas Schlimmeres für eine Frau und Mutter, als ihren Sohn hängen zu sehen? Oldacres Strategie bestand nun darin, ein zweites Problem, das ihn direkt und aktuell betraf, gleich mit zu erledigen. Wahrscheinlich war er in irgendwelche Spekulationen verstrickt und hatte dabei eine Menge Geld verloren. Und das heißt im Klartext, daß verschiedene Gläubiger ihm an den Kragen wollten. So schob er das Geld, das er noch hatte, um es vor Pfändungen zu schützen, einem Mr. Cornelius zu, alias Oldacre. Damit war er ausreichend mit Geld versorgt, hatte eine neue Identität, seine alte hatte er ja wirkungsvoll und, wie er meinte, glaubwürdig mit feuriger Perfektion ausgelöscht. Paßt alles zusammen. Dem Indiziennetz, das er ebenso kunstvoll wie engmaschig um McFarlane geknüpft hat, kann ich meine Bewunderung nicht ganz versagen. Fast alles hat da gestimmt – bis auf die Sache mit dem Daumenabdruck! Oldacre ist übrigens an einem alten unausrottbaren Fehler solcher Intelligenzgangster gescheitert. Sie wollen es zu perfekt machen und schießen damit regelmäßig über ihr Ziel hinaus.

Nun, damit dürfte dieser Fall bis ins Letzte geklärt sein. Nur eine Kleinigkeit gibt es noch, und die erledigen wir am besten gleich?"

Tief beeindruckt von dieser Analyse und mit respektvollem Abstand, folgten wir Holmes ins Parterre, wo Oldacre – flankiert von zwei Polizisten – auf einem Stuhl hockte.

„Na, Sie alter Gauner", sprach Holmes ihn an, „oder soll ich besser sagen, Mr. Cornelius?" Wie vom Blitz getroffen, fuhr Oldacre hoch, wobei seine Augen Holmes anblitzten. Wenn Blicke töten könnten... „Schnüffler!" fauchte er. „Mit Ihnen rechne ich schon noch ab!"

„Dem Strafmaß der englischen Gerichte zufolge, dürfte das in frühestens 15 Jahren der Fall sein", reagierte Holmes mit ausgesuchter Höflichkeit in der Stimme. „Anstiftung zum Justizmord in Tateinheit mit mehrfachem Betrug... da kommen schon einige Jahre zusammen. Ich bin dann schon längst Pensionär, und Sie an die 80... Ich schlage vor, wir diskutieren das zum gegebenen Zeitpunkt noch mal!" Oldacre, der sich heftig wehrte, wurde nun abgeführt, und Holmes und Lestrade sahen sich noch einmal an, bevor sie sich lächelnd die Hand gaben.

Übrigens hatte Holmes auch noch in einem anderen Punkt recht: Oldacre wurde zu 20 Jahren verurteilt. Aber bereits nach 10 Jahren mußte er erneut vor den Richter, seinen letzten!

# Der verschwundene Bräutigam

Die Liebe hat zu allen Zeiten auch immer ihre kriminellen Seiten gehabt, denn die Leidenschaft, die sie in den Menschen zu entfesseln vermag, war und ist oftmals der Hintergrund für Verbrechen. Für den Detektiv bedeutet diese Erkenntnis im Rahmen seiner Motivsuche immer, auch den verschlungenen Wegen der Wünsche und Hoffnungen der

Liebe auf den Grund zu gehen – eine schwierige Aufgabe, wie man sich vorstellen kann. Indes, die logischen und intuitiven Fähigkeiten meines guten Freundes versagten auch auf diesem Gebiet in keinster Weise.

Der nachfolgend geschilderte Fall zeigt das deutlich, und es ist ein höchst seltsamer Fall! Alles begann, wie so oft, beim Frühstück.

Termine standen an jenem Tag nicht an, und so plauderte Holmes mit manchem Augenzwinkern ausgiebig mit mir über einige zurückliegende Aufträge, deren komplizierte Konstruktionen meist anspruchsvolle Lösungen gefordert hatten. Sein Blick fiel während einer kurzen Pause aus dem Fenster, und sein „siebter Sinn" signalisierte ihm sogleich, daß der nächste Fall in des Wortes doppelter Bedeutung vor der Tür stand.

Es war eine jüngere Frau, die am Rande des Bürgersteiges von einem Fuß auf den anderen wippte und dabei unschlüssig immer wieder auf die Tür blickte. Ganz offensichtlich wollte sie zu uns, traute sich aus irgendeinem Grund jedoch nicht so recht. Bekleidet war sie mit einem Mantel, der nicht gerade dem neuesten Modetrend entsprach und schon etwas abgetragen aussah. Auf dem Kopf saß ein für sie zu pompöser Hut. Es schien fast, als schwankte sie im Stil jener jungen Leute, die Blütenblätter befragen, um herauszufinden, wie es mit der Liebe des Angebeteten steht.

„Ganz zweifellos eine junge Frau, die mit der Liebe ihre liebe Not hat", kommentierte Holmes den Anblick – kurz, aber mit einem freundlichen Unterton.

Anscheinend hatte sich die junge Frau nun doch durch-

61

gerungen, uns aufzusuchen, denn sie näherte sich dem Haus und klingelte.

Als die Haushälterin sie kurz darauf in unser Zimmer führte, hatten wir – ohne uns vorher darüber abgesprochen zu haben – denselben Eindruck: Ein liebenswertes Dummchen! Ihre scheuen, hilfesuchenden Augen hefteten sich sofort auf meinen Freund, und nachdem ihr dieser in freundlicher und zuvorkommender Manier einen Sessel angeboten hatte, begann sie mit ihrem unbeholfen klingenden Dialekt zunächst zögernd, dann immer sprudelnder uns ihr Anliegen zu offenbaren:

„Mrs. Etherage ist meine Referenz. Sie hat mich auf die Idee gebracht, mich Ihnen anzuvertrauen, Mr. Holmes. Als alle ihren Mann bereits für tot oder unauffindbar vermißt gehalten haben, haben Sie ihn wieder aufgespürt – eine tolle Leistung! Mrs. Etherage wird Ihnen dafür bis an ihr Lebensende dankbar sein! Und ich wäre es auch gerne, denn ich stehe vor einem ähnlichen Problem."

„Etwa dem, sich trotz starker Kurzsichtigkeit mit Maschineschreiben zu beschäftigen?" warf Holmes hintergründig schmunzelnd ein.

„Ach, das?! Nein – mit zehn Fingern und ohne hinzusehen klappt das ganz gut! Aber wie kommen Sie eigentlich darauf – ich meine – auf meine Kurzsichtigkeit?"

„Ein nebensächlicher Aspekt", lächelte der Detektiv. „Berufsgeheimnis und Routine zugleich. Aber fahren Sie ruhig fort."

„Nun gut, es handelt sich um einen Ermittlungsauftrag! Ich suche Mr. Hosmer Angel, und da ich mich allein damit überfordert fühle, bitte ich Sie, mir zu helfen!"

„Offensichtlich eine dringende und ernste Angelegenheit?"

„Für mich schon, Mr. Holmes! Immerhin ist er mein Verlobter — und er ist spurlos verschwunden! Mr. Windibank, mein Stiefvater — ich heiße Sutherland —, meinte zwar, das sei eine ganz private Sache und nichts für die Polizei oder einen Detektiv, aber ich bin da ganz anderer Ansicht! Mich betrifft es schließlich mehr als ihn!"

„Interessant! Aber beginnen Sie doch bitte ganz von vorne! Sie sind demnach als Schreibkraft tätig?"

„Sie sagen es! Ich verdiene meinen laufenden Lebensunterhalt mit Maschineschreiben. Damit kann man zwar nicht reich werden, aber es genügt mir! Ein paar hundert Pfund im Jahr, damit komme ich leicht aus!"

„Sie sagen laufenden Lebensunterhalt — gibt es etwa auch noch einen sitzenden?"

„Ach ja! Ich erhalte Zinserträge aus meiner Erbschaft! Aber die rühre ich nicht an, die lass' ich auf der Bank..."

„... sitzen!" ergänzte Holmes lächelnd und ermunterte sie: „Erzählen Sie nun doch mal ein bißchen über Ihren Stiefvater und Ihre Mutter!"

„Mr. Windibank, meinen Sie?! Ein ganz netter Mann eigentlich, aber so ganz komme ich mit ihm nicht klar! Er ist nur ein paar Jahre älter als ich, viel jünger folglich als meine Mutter. Kurz nach dem Tod meines Vaters hat meine Mutter ihn geheiratet — meiner Meinung nach zu früh! Aber das ist ihre Sache! Vater war selbständiger Klempner von Beruf. Als er starb, hat meine Mutter den Betrieb mit Mr. Hardy, unsеrem Meister, allein weitergeführt. Nicht lange freilich, denn Mr. Windibank hat sie schon kurz nach der Hochzeit dazu gebracht, den Laden zu verkaufen. Seine Materie sind Weine, die er als Handelsvertreter verkauft. So geschickt er in seinem Beruf auch zu sein scheint, für die Firma meines Vaters hat er beim Verkauf zu wenig verlangt – ein paar tausend Pfund nämlich nur. Das ist eine wahre Schande für einen so florierenden Laden, der eine Goldgrube war, als mein Vater noch lebte!"

Holmes, der normalerweise kein Freund von privatem Tratsch war, hörte ungewöhnlich aufmerksam zu und meldete sich nur gelegentlich kurz mit Nachfragen zu Wort:

„Und Ihre Zinseinnahmen? Eine Erbschaft, sagen Sie? Wieso eigentlich verfügen Sie – daß Sie volljährig sind, darf ich einmal unterstellen – da nur über die Zinsen?"

„Wenn ich wollte, könnte ich auch das ganze Geld haben, aber ich will es nicht! Es ist ja in Pfandbriefen gut angelegt und bringt zwar bescheidene, aber solide Zinsen. Und die sind sozusagen mein Beitrag zu meinem Unterhalt. Das Geld geht an meine Mutter und Mr. Windibank dafür, daß ich noch zu Hause wohne! Mir reicht das, was ich durchs Schreiben verdiene!"

„Gut, die Hintergründe sind, so scheint es, geklärt! Und nun zu Ihrem Verlobten."

„Sie meinen – Hosmer? Also, kennengelernt habe ich ihn auf dem Jahresball der Installateurinnung. Mein Stiefvater wollte ursprünglich nicht auf den Ball, aber darüber haben wir uns, meine Mutter und ich, hinweggesetzt! Es herrscht nämlich so eine Art Kleinkrieg bei uns zu Hause: Mein jetziger Vater ist, obwohl noch jung an Jahren, ein echter Patriarch und hat ‚seine Frauen' lieber zu Hause. Aber an dem Abend haben wir ihn einfach überlistet: Er war auf Geschäftsreise in Frankreich, wo ja die meisten der von ihm vertriebenen Weine herkommen, und Mama und ich sind einfach zum Ball gegangen. An dem Abend habe ich Mr. Hosmer Angel kennengelernt!"

„Hat Ihr Vater das nachträglich erfahren?"

„Ja, ich hab' mich verplappert! Aber er war nicht so eingeschnappt, wie ich erwartet hatte! Manchmal kann er richtig lieb sein, dann behandelt er uns auch wirklich gut. Woran es liegt, daß er dann plötzlich wieder ungenießbar und verschlossen ist, weiß ich auch nicht! Daß Hosmer mich besucht und sich dabei auch meinen Eltern vorstellen kann, hat er einfach nicht erlaubt. Es kam auch nie dazu. Da will er dann seine Ruhe haben und auch, daß auch wir überhaupt in Ruhe gelassen werden."

„Aber man verlobt sich doch nicht von heute auf morgen?"

„Die ersten paar Mal haben wir uns auch nur gesehen und sind spazierengegangen. Aber das ging nur, wenn mein Vater nicht da war! Und Hosmer, der das scheinbar schon immer im voraus zu spüren scheint, hat das auch irgendwie akzeptiert. Als mein Vater wieder eine seiner Auslandsreisen plante, hat Hosmer mir geschrieben, es sei wohl besser, sich erst nach dessen Abreise zu treffen. Miteinander telefoniert haben wir nie, dagegen hat er wohl eine Abneigung! Aber geschrieben hat er öfter, wenn wir keine Gelegenheit hatten, uns zu sehen. Vater hat nichts davon gemerkt, weil ich immer vor ihm am Briefkasten war!"

„Aufschlußreich, sehr aufschlußreich! Und was macht Hosmer beruflich?"

65

„Er ist Angestellter in einem Kontor, irgendwo in der Leadenhall Street. Wie die Firma heißt, weiß ich nicht genau. Und wenn Sie schon so direkt fragen, ich weiß auch nicht, wo er genau wohnt. In einer kleinen Mansarde über der Firma wohnt er, mehr hat er mir nicht gesagt."

„Und Sie haben keine genaue Adresse?"

„Nein, aber das macht nichts. Meine Briefe habe ich ihm immer postlagernd geschickt – und alle hat er, den Antworten zufolge, auch bekommen. Daß die Briefe in die Firma kommen, wollte er nicht. Seine Sekretärin, die offenbar eine Schwäche für ihn hat, wäre dann beleidigt, hat er mir gesagt. Komisch fand ich nur, daß ich meine Briefe mit der Hand schreiben soll, seine dagegen waren immer aus der Schreibmaschine. Das sind so die kleinen Eigenarten der Männer, mit denen ich mich freilich schon abgefunden habe!"

„... und speziellere Eigenarten, die ihn betreffen...?"

„Die hat er schon, aber auch das macht mir nichts aus! Ich mag keine Angeber – und Hosmer ist das genaue Gegenteil davon. Er ist so zurückhaltend, zuvorkommend und sanft, wie man es nur noch selten erlebt. Getroffen haben wir uns immer abends, wenn er mit der Arbeit fertig war – tagsüber nie! Wir sind dann meistens spazierengegangen, fast immer im Hydepark, einmal waren wir essen. Er ist leise. Wenn er spricht, flüstert er fast, und seine Augen – er trägt, wegen der stark lichtempfindlichen Augen, wie er sagt, immer eine Sonnenbrille. Aber für mich spielt das wegen meiner Kurzsichtigkeit ohnehin kaum eine Rolle! So haben wir halt beide unsere kleinen, gemeinsamen Probleme!" fügte sie fast verträumt hinzu.

Holmes sah sie einen Augenblick ungläubig an, dann fragte er: „Was mich noch interessiert, ist, wie das denn nach der Verlobung, beziehungsweise vor der geplanten Hochzeit war?"

„Ach, ganz komisch, Mr. Holmes. Aber irgendwie typisch für ihn. Also: Von Anfang an. Als mein Vater wieder einmal weg war, kam Hosmer urplötzlich mit dem Vorschlag zu heiraten. Zunächst war ich natürlich reichlich überrascht, aber das hat sich dann gelegt, denn auch meine Mutter war sofort Feuer und Flamme. Geradezu begeistert war sie von unserem Plan. Was mich betraf: Ich wollte eigentlich nicht so recht, eine Bindung fürs Leben... das geht bei mir normalerweise nicht so schnell. Aber andererseits war es ein Kompliment für mich, und gemocht habe ich ihn auch, und so hab' ich zugesagt. Aber so sanft Hosmer auch sonst scheint, nun wurde er regelrecht dramatisch: Er ließ mich auf eine Bibel schwören, ihm immer treu zu bleiben — was immer auch passieren möge! Ganz schön theatralisch, aber was tut eine Frau nicht alles..."

„Das kann ich — versuchsweise — nachfühlen! Und die Abwesenheit Ihres Vaters hat keine Rolle gespielt?"

„Für mich — schon! Aber Mutter hat gesagt, das sei vor allem meine Sache. Und ihr Mann würde das schon akzeptieren, wenn man es ihm nur schonend beibrächte. Das ist so ein Punkt, in dem wir Frauen uns aufeinander verlassen können. Glücklich war ich darüber aber nicht: Immerhin ist er für mich jetzt mein Vater, und ich halte sowieso nichts von Heimlichkeiten. Deshalb hab' ich ihm einen Brief nach Bordeaux geschrieben. Aber er war, wie ich dann erfuhr, schon abgereist!"

„Hochzeit?! Dazu bräuchte ich auch noch ein paar Details! War das alles hochoffiziell – mit allem, was dazugehört, vom Schleier bis zur Kirche?"

„Ja, Sie sagen es. Oder, so war es zumindest geplant! Im kleinen Kreis zwar, aber kirchlich: In St. Saviour's um neun Uhr morgens. Im St.-Pancras-Hotel hatten wir danach ein Sekt-Frühstück reserviert. Alles war gut geplant, und alles schien zu funktionieren. Hosmer kam rechtzeitig und ist uns, da unsere Droschke schon voll war, hinterhergefahren. Vor der Kirche haben wir gewartet und dachten, daß auch er aussteigt – aber in der Droschke, die uns gefolgt war, war niemand!"

„Offensichtlich sind Sie da nicht in, sondern auf den Arm genommen worden!" versuchte Holmes ein wenig Trost zu spenden, was ihm aber gründlich mißlang.

„Was denken Sie?! Dazu wäre mein Verlobter nie fähig, so korrekt und gradlinig, wie ich ihn kenne. Schon eher übervorsichtig war er: Mehrfach sagte er mir, er müsse sich konsequent auf mich verlassen können – egal, was auch dazwischenkomme. Notfalls holten wir alles nach! Das war doch deutlich genug – oder?"

„Deutlich schon, Miss Sutherland! Fraglich ist nur das Motiv! Und verzeihen Sie folgende Frage: Hat er einen Grund für seine Vorsicht genannt, oder haben Sie da einen Anhaltspunkt?"

„Wo denken Sie denn hin? Wie käme ich dazu?"

„Tja, Vertrauen ist gut, Kontrolle ist besser... Und wie hat Ihre Mutter, vom Vater ganz zu schweigen, darauf reagiert?"

„Meine Mutter – sie hat furchtbar getobt, und schließlich hat sie mich gleich vor allen Männern gewarnt. ‚Die

Männer sind alle Verbrecher!' hat sie gesagt. Mein Vater hat mich nach seiner Rückkehr getröstet und gesagt, im Leben ginge immer mal was daneben, das sei kein Grund zur Panik. Hosmer werde schon wieder auftauchen, und wozu sei denn die Post da? Es gab und gäbe doch keinen Grund, ihm zu mißtrauen: Finanziell hätte er, gut, wie's ihm ging, mein Geld doch nicht gebraucht... Nie hat er sich Geld von mir geliehen, und für die Zeit nach der Hochzeit hat er auf Gütertrennung bestanden, um ja keinen Zweifel über seine Motive aufkommen zu lassen! – Ach, Mr. Holmes: Es ist alles so verrückt, so gemein, so verletzend..."

„Das ist wohl wahr, mein Fräulein. Ich kann es Ihnen nachfühlen. Was Ihren Verlobten betrifft, so rate ich Ihnen freilich, ihn zu vergessen. Daß er sich noch einmal sehen läßt, halte ich für ziemlich unwahrscheinlich. Auf jeden Fall übernehme ich den Fall – und kläre ihn! Was ich noch brauche von Ihnen, sind seine Briefe, von denen Sie sprachen, Ihre Adresse und – vorsichtshalber – auch die Geschäftsadresse Ihres Stiefvaters."

„Wenn's sonst nichts ist... Die Briefe – hier! Da haben Sie auch eine Suchanzeige, die ich vor vier Tagen im *Chronicle* aufgegeben habe. Meine Adresse ist: *Lyon Place 31, Camberwell*. Mein Vater – Moment – arbeitet für *Westhouse & Marbank* in der Fenchurch Street!"

„Nun, das müßte für den Augenblick reichen!" stellte der Detektiv nüchtern fest. „Ich melde mich wieder, wenn ich neue Erkenntnisse habe oder eine neue Entwicklung eintritt."

Miss Sutherland ging auch sogleich, und zurück blieb Holmes mit einigen Wolken auf der Stirn. An seiner Miene war Bitterkeit abzulesen: „Mies und erbärmlich!" zischte er zunächst. „Wann bloß hören die Menschen endlich auf, so miteinander umzugehen?! Hätte ich ein dickeres Fell, würde es mich weniger verwunden – oder verwundern. Die wahre Tragik steckt nicht in den sogenannten großen Fällen, wo die Brutalität der Täter und deren Auswirkung auf ihre Opfer gleichermaßen sofort ins Auge sticht. Nein, weit gefehlt! Leicht sind sie aufzuschlüsseln. Schwieriger ist dagegen das, was sich in den Mantel der Alltäglichkeit hüllt, unverfänglich daherkommt und dann die scheußlichen und tragischen Auswirkungen hat, die wir immer wieder erleben!"

Während der Pause, die nun entstand, dachte ich über das eben Gehörte nach und kam zu dem Schluß, daß mich Holmes immer wieder verblüffte. So viel Anteilnahme am Leben anderer Menschen hätte ich ihm gar nicht zugetraut. Und doch. War nicht diese Anteilnahme der eigentliche Motor seines Berufes?

Holmes riß mich aus meinem Grübeln: „Schieß mal los, lieber Watson, und klär mich auf, was dir an Miss Sutherland alles aufgefallen ist!"

„Aufgefallen? Das, was mir aufgefallen ist, ist höchstens, daß mir nichts aufgefallen ist."

„Irrtum, mein Lieber! Und am aufschlußreichsten bei Frauen sind immer die Ärmel – in diesem Fall aus Samt, ein Material, in dem sich Spuren mit perfekter Präzision abzeichnen! Klar, daß sich bei einer Maschinenschreiberin die Tischkante, auf der ihre Unterarme ruhen, dort abzeichnen muß. Und der kleine Tintenfleck am rechten Zeigefinger signalisiert ganz zweifelsfrei, daß sie kurz vor dem

Aufbruch heute morgen noch schnell etwas geschrieben hat! Auch ein genauer Blick auf ihre Stiefel belegt, daß sie in höchster Eile war: Die waren nämlich verschieden, wenn auch sehr ähnlich, und nicht zuletzt nicht ganz korrekt zugeschnürt! Am einfachsten war das mit ihrer Kurzsichtigkeit, die ich freilich auch durch einen unauffälligen Sehtest hätte ermitteln können. Auf ihrer Nase waren, obwohl überschminkt, klar die Abdrücke einer Brille zu erkennen!"

Ich winkte resigniert ab. „Ich geb' mich mal wieder geschlagen! Du hast zweifellos recht mit deinen Beobachtungen!"

„Wer wird denn gleich resignieren... Lies mir doch bitte die Annonce aus dem *Chronicle* mit der Beschreibung von Hosmer Angel vor!"

Aus den Anzeigenspalten der Zeitungen war ich allerhand Kurioses gewohnt, aber dieser Text übertraf alles:

„GESUCHT: Hosmer Angel, der seit dem 14. d. M. verschwunden ist. Merkmale: Blasse Gesichtsfarbe, schwarzes Haar, Schnauzer und Backenbart, Sonnenbrille, leise Stimme, etwa 175 cm groß, kräftige Statur; bevorzugte Anzugfarbe: grau; beschäftigt in einem Kontor in der Leadenhall Street. Hinweise unter Chiffre 914231-914157 an den Verlag. Hohe Belohnung!"

„Ganz aufschlußreich!" kicherte mein Freund. „Werfen wir noch einen Blick auf seine Briefe!"

Bei den Briefen, die wir gemeinsam überflogen, war besonders auffällig die Tatsache, daß sie alle mit der Maschine geschrieben waren! Selbst die Unterschrift bestand aus getippten Buchstaben. Inhaltlich waren sie weitgehend belanglos. Außer Terminabsprachen und Banalitäten enthielten sie nichts Aufschlußreiches.

„Schon fast so gut wie eine Visitenkarte!" kommentierte Holmes lakonisch. „Auch wenn der seltsame Mr. Angel uns keine handschriftlichen Hinweise gibt, ist unsere Arbeit damit doch schon fast beendet. Zwei Briefe werde ich, bevor wir den Fall einstweilen ruhen lassen, noch zur weiteren Aufklärung schreiben: Einen an eine Firma in der City, den anderen an Mr. Windibank, den ich gern einmal kennenlernen würde! Ich werde ihn für übermorgen nachmittag zum Fünf-Uhr-Tee einladen!"

Am nächsten und übernächsten Tag nahm mich meine ärztliche Tätigkeit voll in Anspruch, und ich kam erst kurz vor 18 Uhr nach Hause. Holmes war noch allein und, den chemischen Reagenzgläschen nach zu urteilen, die um ihn herum aufgebaut waren, mit seinem Lieblingshobby beschäftigt.

„Fall geklärt?" fragte ich, nachdem ich Platz genommen hatte, neugierig.

„Hast du Zweifel daran?" schmunzelte er mich hintergründig an. „Also, das Gift, das da irgendein Wahnsinniger in die Sahnetorte gespritzt hat, war eine Cyanid-Verbindung!"

„Arme Menschen, denen der Verrückte diesen Gifttod verschaffte! Aber zu unserem aktuellen Fall: Den verschwundenen Bräutigam, hast du ihn?"

„Ach der!" Holmes hatte in der Zwischenzeit tatsächlich fast vergessen, daß er den Fall aufgeklärt hatte. „Scheußliche Sache – und am schlimmsten ist, daß man ihm juristisch noch nicht einmal beikommen kann. Eine Gesetzeslücke: Den strafrechtlichen Tatbestand des nichteingehaltenen Eheversprechens gibt es noch nicht! Und auch versuchte Bigamie wird bisher nicht geahndet."

Bevor er dies alles weiter ausführen konnte, wurden wir durch das Klingeln der Haustür gestört. Mr. Windibank war es, der Holmes' Einladung gefolgt war und uns nun aufsuchte: Ein aalglatter, wenn auch bläßlicher Mann Mitte Dreißig etwa meiner Größe und von der Statur ziemlich genau zwischen Holmes und mir.

Nach der kurzen und eher förmlichen Begrüßung streifte er uns mit einem arroganten Blick und ließ sich in den einzigen noch freien Sessel fallen: „Was, meine Herren, verschafft mir denn die Ehre dieser Einladung?"

„Neugierde, reine Neugierde, Mr. Windibank!" kam die lässige Antwort des Detektivs. „Ich wollte einfach mal den Stiefvater meiner Mandantin kennenlernen, beziehungsweise den Mann, der mit diesem Schreiben meine Einladung bestätigt hat! Es ist doch von Ihnen?"

„Ja, natürlich! Von wem sonst. Zur Klarstellung sei jedoch gesagt, daß ich nicht gerade glücklich darüber bin, daß Mary in diesem Fall Ihre Dienste in Anspruch nimmt! Das sind unsere Privatangelegenheiten – und weder etwas für die Polizei noch für einen Privatdetektiv. Am besten wäre es, wenn meine Tochter diese schmerzliche Beziehung vergäße, denn finden wird man Mr. Angel meines Erachtens ohnehin nicht!"

„So? Das sehe ich anders! Ich bin ihm nämlich schon auf der Spur!"

„Was Sie nicht sagen... Kann man Näheres erfahren?"
Unser Gast schien plötzlich von einer unerklärlichen Nervosität ergriffen zu sein, die er unter seiner saloppen Art zu verbergen suchte. „Man kann Näheres erfahren!" Holmes schien zu triumphieren. „Der Dreh- und Angelpunkt dabei ist die Eigenschaft von Schreibmaschinen, gewissermaßen eine eigene, individuelle ‚Handschrift' zu entwickeln. Jede ist nämlich anders! Zwar gibt es Statistiken darüber, welche Buchstaben — denken Sie an das ‚e' — etwa am häufigsten gebraucht werden, und das hat notgedrungen eine stärkere, optisch erkennbare Abnutzung der betreffenden Type zur Folge. Aber wäre das bei allen Maschinen gleich, könnte man nicht von einem Identifikationsmerkmal sprechen, mal ganz abgesehen davon, daß die verschiedenen Hersteller zum Teil unterschiedliche Schrifttypen benutzen. Nein, keine Maschine gleicht der anderen! Bedingt durch minimale Differenzen der Mechanik, durch unterschiedliche Beanspruchung und durch andere textliche Schwerpunkte hat jede sozusagen ihr eigenes Leben — und ihre unverwechselbaren Spuren!"

„Schön und gut", warf unser Besucher unwirsch ein, „aber war es Zweck Ihrer Einladung, mir hier Lektionen über typographische Absonderlichkeiten bei unterschiedlichen Schreibmaschinen zu erteilen?"

„Nein! Und *sorry*, wenn ich hier nach Ihrer Meinung zu stark eines meiner Spezialgebiete betone, über das ich eines Tages ein Buch zu schreiben gedenke, aber ich glaube, daß es mir gelingen wird, auch Ihr Interesse in dieser Hinsicht zu wecken!"

„Da bin ich aber sehr gespannt!"

„Nichts einfacher als das, mein Herr! Schauen Sie: Hier – bei Ihrem Brief – der kleine Schatten über dem ‚e‘, und da fällt das ‚f‘ aus der Rolle und schießt daneben, wie die Schriftsetzer sagen würden."

„Und? Die Maschine ist nicht mehr die neueste. Über sie läuft praktisch die gesamte Korrespondenz unserer Büros ab!"

„Ist mir bekannt, oder doch zumindest nachvollziehbar! Entscheidend aber ist, daß die Briefe des sogenannten Mr. Hosmer Angel an Ihre Stieftochter – da liegen sie, bedienen Sie sich – mit der gleichen Maschine geschrieben wurden!"

„Mit dem Kerl hab' ich nichts zu schaffen!" Windibank war, als hätte er auf einem Katapult gesessen, aus dem Sessel hochgeschossen und stand nun – schwer atmend und leichenblaß – vor Holmes. Mit einem giftigen Blick und sich umdrehend, wollte er sich gerade wortlos verabschieden, als sich Holmes ihm in den Weg stellte:

„Zwei gegen einen – und außerdem sind wir noch nicht fertig, mein Verehrtester! Da – nehmen Sie wieder Platz!"

Mit einem haßerfüllten Blick und nunmehr vor Schweiß glänzendem Gesicht ließ sich unser Gast wieder in den Sessel fallen: „Und? Sie können mir trotzdem nichts anhaben! Außerdem geht Sie das nichts an!" fuhr er trotzig auf. „Stimmt's?!"

„Sagen wir mal jein!" konterte Holmes, der seine kalte Wut nur mühsam zügeln konnte. „Strafrechtlich kann man Sie nicht belangen, aber damit sind die Möglichkeiten ja noch nicht erschöpft! Hören Sie mir einfach mal zu, wie ich den Fall sehe, und unterbrechen Sie mich nur dann, wenn meine Deutung danebengeht! – Mit Ihrer Heirat wollten Sie sich – eine bewundernswerte Strategie – gleich zwei ‚Melkkühe‘ angeln! Die Frau des Geldes wegen – und die Tochter auch. Bei der nur war es ein bißchen komplizierter, weil der Zeitpunkt abzusehen war, wo sie heiraten, das Haus verlassen und damit ihren nicht unerheblichen Unterhaltsbeitrag mitnehmen, das heißt Ihnen entziehen würde! Was tun, sagte sich da der geldgierige Gatte – und sann auf ein raffiniertes Komplott. Also wurde ihr erst einmal jeglicher Umgang mit Männern verboten. Als alles nichts half und die junge Frau ihr Recht wahrnehmen wollte, einen Ball zu besuchen, dachte er sich etwas Neues aus: Hervorragend verkleidet ging er auf den Ball und beschäftigte sich ausschließlich mit Miss Sutherland, der er den verliebten Freier vorspielte. Eine verlogene Frivolität – und seine eigene Frau spielt wissentlich die Komplizin dabei! Bedingt durch die Kurzsichtigkeit des Mädchens, die gekonnt verstellte Stimme und die – mein Kompliment – insgesamt offensichtlich recht gut gelungene Verkleidung, gelang es ihm, sie zu täuschen! So weit, daß die Stieftochter schließlich, ohne es zu wissen, ihren Stiefvater heiraten wollte. Eine Konstellation, die selbst Shakespeare sich nicht besser hätte ausdenken können.“

„Hören Sie auf mit Ihren dramatisch überzogenen Interpretationen!“ versuchte Windibank nun wieder mit starker Sprache zu bluffen. „Viel einfacher war es: Ein Spaß nämlich – nicht mehr!“

„‚Spaß‘ nennen Sie das! So mit den ehrlichen Gefühlen einer jungen Frau zu spielen!! Sie haben sich unglaublich aufgeführt – und offensichtlich immer noch nichts dazugelernt. Aber um die Geschichte zu Ende zu führen: Zweck der Aktion war ja, die junge Frau möglichst lange im Hause zu halten! Andererseits: Eine Heirat konnte, durfte nicht stattfinden, denn das Theater wäre unweigerlich nach kürzester Zeit aufgeflogen! Auch die vermeintlichen Frankreichreisen ließen sich nicht beliebig wiederholen! Und da dachten Sie sich einen unglaublichen Plan aus. Gleichzeitig als Verlobter wieder von der Bildfläche zu verschwinden und doch zu erreichen, daß das ganz auf Ehe fixierte Mädchen sich voll seinen Vorstellungen fügt und einem Phantom treu bleibt! Daher auch dieser Einsatz des Schwurs auf die Bibel − in letzter Minute! Und schließlich der alte Trick, auf der einen Seite in die Droschke ein- und sogleich drüben wieder auszusteigen! − So war es doch wohl, Mr. Windibank?!"

Wenn Holmes erwartet hatte, seinen Gast mit dieser Konfrontation der Wahrheit zu beeindrucken, hatte er sich gründlich getäuscht. Beherrscht und kalt gab der Angegriffene zurück: „Ganz gleich, was da passiert ist, oder was Sie sich da zusammenreimen: Es interessiert mich nicht! Und strafbar wäre es ohnehin nicht!"

„Stimmt! Und daher bedauere ich es gelegentlich, auch wenn es meinem Rechtsempfinden grundsätzlich widerspricht, daß ich keine Selbstjustiz üben darf! Dann kämen Sie nämlich kaum unbeschadet aus meiner Wohnung! Aber einen Rat gebe ich Ihnen noch: Lassen Sie sich schleunigst scheiden, Sie Parasit! Und jetzt", dabei lief sein Gesicht puterrot an, „raus!!!"

Sicher war das genau das, was unser „Gast" hören wollte. Er verschwand schneller, als er gekommen war.

Regelrecht angegriffen schien mein Freund, der in seinem Sessel zusammensackte: „Erbärmlich!" fluchte er nur.

„Beruhige dich, bitte!" ermahnte ich ihn. „Es ist vorbei. Aber einiges, was mir bei deiner Fallösung nicht klar wurde, wüßte ich doch noch gern! Vor allem: Wie bist du eigentlich, offenbar sofort, auf Windibank gekommen?"

„Nichts einfacher als das: Nur er profitierte von dieser schamlosen Vorgehensweise – also war er auch der Verursacher. Wer sonst? Bestätigt wurde dieser an Gewißheit grenzende Verdacht, als ich feststellte, daß Angel und Windibank nie gemeinsam auftraten. Die beiden lösten sich zeitlich und rollenmäßig ständig ab. Ganz zu schweigen von den tarnenden Attributen wie Bart, Sonnenbrille und verstellter Stimme. Und schließlich: Die getippte Unterschrift! Seine Handschrift hätte ihn verraten, folglich mußte er sie durch Druckbuchstaben ersetzen. Eine offizielle Bestätigung für seine Identität bekam ich schließlich auch: Einen der beiden Briefe schickte ich mit einer Beschreibung, bei der ich Brille, Bart und Flüsterstimme nicht erwähnte, an Westhouse & Marbank. Meine Frage, ob dieses Portrait zu einem ihrer Mitarbeiter passe, wurde mir heute bestätigt: James Windibank heiße der Gesuchte.

Mit gleicher Post erhielt ich auch von ihm selbst, den ich über die Firma angeschrieben hatte, die Terminbestätigung – geschrieben, wie zu erwarten, mit der mir bereits bekannten Maschine!

Mit Miss Sutherland habe ich noch das Problem: Wie sage ich es der jungen Frau, ohne sie allzu stark zu verletzen. Und darüber grüble ich noch. Wahrscheinlich werde ich ihr reinen Wein einschenken, aber nur ein halbes Glas! Etwa so: Daß Mr. Angel nie mehr zurückkommen wird und bereits verheiratet ist! Dem Mädchen, das sich so sehr nach einem Ehemann sehnt, würde es dadurch leichter gemacht, sich einen neuen zu suchen. Wer Angel in Wahrheit ist, werde ich ihr wohl verschweigen. Die Wahrheit ist oft allzu grausam. Nicht jeder verträgt sie! Und Windibank selbst bekam die Chance, ebenfalls ein neues Leben anzufangen. Ob er sie nutzt, werden wir sehen."

# Ein unheimliches Paket

Es war August. In London herrschte, was völlig außergewöhnlich war, nahezu subtropisches Klima, aber unsere Stimmung hätte besser zu einem verregneten Novembertag gepaßt: Mit düsteren Gedanken beschäftigt, saßen wir in unserem Zimmer in der Baker Street. Alles schien sich gegen uns verschworen zu haben: Die Auftragslage stagnierte ziemlich, die Hitze machte uns zu schaffen, und die alljährliche Sommerflaute im Kulturleben konnte auch zu keiner Abwechslung beitragen! Noch nicht einmal Anlaß für Spötteleien hatten wir, denn auch das Parlament befand sich in der Sommerpause.

Ich saß im Sessel und sah reichlich nervös, wie Holmes einen Brief behandelte, der mit der Post gekommen war: Immer wieder las er ihn, legte ihn dann wieder weg, um mit grübelnder Miene wieder nach ihm zu greifen. Kurz bevor ich explodierte, sagte Holmes: „Man kann ja über die Post denken, wie man will, aber für interessante Neuerungen ist sie immer gut. Jetzt haben sie doch tatsächlich, wenn auch unfreiwillig, einen Paketdienst besonderer Art eingerichtet! Aber bevor ich dir den Brief zu lesen gebe, der mir so viele Rätsel aufgibt, solltest du besser erst einen Blick in den *Guardian* von heute werfen. Seite zwei − ich hab's angestrichen!"

Unter der launigen Überschrift „Paket mit Ohren" war darin folgender Artikel zu lesen:

*Scherz oder nicht − das ist hier die Frage!*

*Miss Susan Cushing, Cross Street, Croydon, empfand es jedenfalls nicht als Scherz, was ihr ein Postbediensteter gestern in einem zunächst unscheinbaren, in Belfast aufgegebenen Paket ohne Absender überbrachte: Als sie es öffnete, stieß sie auf eine Schachtel mit grobkörnigem Salz, die sie − verärgert − ausleeren wollte. Dabei bemerkte sie plötzlich, daß unter dem Salz noch etwas verborgen war: Zwei zweifellos menschliche Ohren!*

*Offensichtlich ein makabrer Scherz, denn Miss Cushing, die nach eigenen Angaben keine Feinde hat, hat sich schon seit vielen Jahren völlig vom gesellschaftlichen Leben zurückgezogen. Bis vor drei Jahren noch hatte sie einige Zimmer ihres Hauses an mehrere Medizinstudenten untervermietet, denen sie jedoch kündigte, als die jungen Leute ihr zu laut wurden. Die Polizei mußmaßt daher, daß der geschmacklose Scherz als späte Rache gedacht war. Im Anatomieunterricht sei es durchaus möglich, so betonte der*

*Pressesprecher der Polizei gegenüber unserer Redaktion,
auch einmal ein Ohr unauffällig verschwinden zu lassen.
So sei das wohl passiert – und im übrigen sei der Vorfall
ein signifikantes Beispiel für den sittlichen Verfall der stu-
dentischen Jugend. Bestärkt wird die Polizei in ihren Vermutungen dadurch, daß einer der Studenten aus Belfast
stammte, wo das Paket aufgegeben wurde. „Nichts als Ärger mit den Nordiren!" schimpfte denn auch Inspektor Lestrade, in dessen bewährten Händen sich dieser Fall befindet, gegenüber dem Guardian. Auch vergaß er in seiner
blumigen Art nicht zu erwähnen, daß man den oder die Täter an den Ohren vors Gericht schleppen werde. Im übrigen
sei die Ergreifung nur eine Frage der Zeit und soliden polizeilichen Know-hows.*

„Und der Mann mit dem soliden polizeilichen Know-how
hat mich um meine Hilfe gebeten, weil er nicht weiter-
kommt. Davon hat er den Journalisten natürlich nichts gesagt! Paß auf, ich les' dir mal den wichtigsten Teil seines
Briefes vor:

*„Obwohl ich für den Fall zweifellos die nötigen Erfahrun-
gen habe, bitte ich Sie doch um Ihre Mitwirkung. Vor allem fehlt uns noch der richtige Ansatzpunkt. In Belfast haben wir bereits bei der Post recherchiert, aber das brachte
nichts ein: Zu viele Pakete sind an jenem Tag da über den
Schalter gelaufen. Vielleicht hilft Ihnen die Information etwas, daß es sich bei dem Karton um eine Verpackung handelt, in der sich ursprünglich Zwieback befand? Mich
bringt auch dieser Aspekt nicht weiter. Am plausibelsten*

*erscheint mir noch die Erklärung mit den Medizinstuden-*
*ten! Es sollte auch möglich sein, sie ausfindig zu machen!*
*Wenn Sie es zeitlich einrichten können: Ich bin entweder*
*im Haus von Miss Cushing oder auf der örtlichen Polizei-*
*station zu finden und freue mich, Sie wiederzusehen!*
  *Kollegiale Grüße und so weiter ..."*

Bist du an diesem Fall interessiert, mein Bester? Wenn ja,
würde ich es als eine willkommene Methode ansehen, um
der Hitze hier zu entfliehen. Dann brechen wir nämlich sofort auf.‟

Ein kurzes Wärmegewitter ging bald darauf über London
nieder, aber da saßen wir längst im Zug. Croydon, im Süden der Stadt gelegen, hatten wir nach einer knappen Stunde erreicht. Der immer etwas zu wichtig wirkende Lestrade, von Holmes telegrafisch benachrichtigt, erwartete uns
schon am Bahnsteig. Gemeinsam schlenderten wir zum
Haus von Miss Cushing in der Cross Street: Es ist ein
schmucker, zweistöckiger Ziegelbau, eingerahmt von einem kleinen Garten, in dem wir noch einen Geräteschup-
pen ausmachten.
  Nachdem uns ein bildhübsches Hausmädchen die Tür
geöffnet und uns eingelassen hatte, wurden wir sogleich zu
Miss Cushing geführt, die in ihrem Wohnzimmer saß und
strickte. Wie es nach der Geschicklichkeit ihrer Arbeit
schien, war das wohl ihre Lieblingsbeschäftigung. Sie
wirkte ruhig und ausgeglichen und war mit ihren gepfleg-
ten, grauen Haaren, die auch zu ihrem einfach geschnitte-
nen und trotzdem elegant wirkenden Kleid paßten, eine

attraktive Frau. Über den Rand ihrer Brille blickte sie uns freundlich entgegen:

„Ach, da sind Sie ja wieder, Mr. Lestrade. Guten Tag, meine Herren! Um gleich zum entscheidenden Punkt zu kommen: Das scheußliche Zeug ist draußen im Schuppen. Nehmen Sie's am besten gleich mit zur Polizei, Inspektor!"

„Ja, aber", Lestrade wirkte ein wenig überfordert, „eigentlich wollte ich das Paket hier noch einmal ansehen und dabei vor allem Mr. Holmes die Gelegenheit geben, Ihnen gegebenenfalls noch Fragen zu stellen!"

„Fragen? Was gibt es denn da noch zu fragen? Ich habe doch mit der ganzen scheußlichen Angelegenheit überhaupt nichts zu tun. Und nun belagern auch noch Dutzende von Journalisten mein Haus. Mein Name wird in einem sehr unappetitlichen Zusammenhang in die Öffentlichkeit getragen! Irgendwann ist auch einmal meine Geduld zu Ende!"

„Gut, Madam!" goß Holmes nun Öl auf die Wogen. „Ihre Verärgerung ist mehr als verständlich! Das unheimliche Paket werden wir uns wohl erst einmal draußen anschauen!"

Lestrade ging voraus, um die mysteriöse Postsendung aus dem Schuppen zu holen. Mit einer Schachtel, Packpapier und Bindfäden in den Händen, kam er wieder heraus und übergab alles Holmes. Gemeinsam setzten wir uns auf eine Gartenbank.

„Na, wer sagt's denn?!" meldete sich Holmes schon bald wieder erstaunt zu Wort: „Das ist ja eine wahre Fundgrube! Ein deutliches Indiz ist bereits der geteerte Bindfaden. Und daß der Knoten erhalten blieb, weil Miss Cushing das

84

Paket offenbar mit der Schere öffnete, macht mir auch manches leichter!"

Lestrade reagierte nun ungehalten: „Diese Bagatellen stehen alle in meinem Bericht!"

„Packpapier mit Kaffeegeruch – vermutlich aus Kenia!" Holmes dachte laut. „Und die Anschrift ist auch eine Fundgrube für Graphologen. Die Schrift ist die eines Mannes, daran besteht kein Zweifel. Und der Text wäre uninteressant, wenn der Schreiber *Croydon* nicht fälschlicherweise ursprünglich mit *i* geschrieben hatte! Seine Allgemeinbildung scheint nicht sehr umfassend zu sein, und seine Schrift verrät ein hohes Maß an Unbeholfenheit. Und der Zwiebackkarton selbst kann auch kein Zufall sein. Außerdem hat er ein paar Daumenabdrücke an der Ecke, was will man mehr? Nicht uninteressant ist auch das Salz. Es ist nämlich kein gewöhnliches Speisesalz, sondern Konservierungssalz, wie es in unglaublichen Mengen, weil Kühleinrichtungen oft nicht zur Verfügung stehen, unter anderem beim Heringsfang verwendet wird! Aber kommen wir zum Hauptbestandteil dieses vielsagenden Paketes, den beiden Ohren!

Ihnen, lieber Lestrade, mit Ihrem soliden polizeilichen Know-how ist sicher längst aufgefallen, daß die Ohren nicht zusammenpassen, also von zwei verschiedenen Personen stammen..."

„Ja", antwortete Lestrade kurz angebunden. „Im Rahmen der Anatomiepraktika ist das für die angehenden Mediziner so sicher auch einfacher." Holmes betrachtete den aufgebrachten Inspektor mit einem milden Blick, dann holte er zu einem vernichtenden Schlag aus: „Glauben Sie tatsächlich an den Studentenulk? Die Chemikalien, die in der Anatomie zur Konservierung benutzt werden, kenne ich recht gut – und die kamen hier nicht zur Anwendung, sondern ordinäres Pökelsalz! Außerdem sind die üblichen Seziermesser rasierklingenscharf; die beiden Ohren dagegen wurden mit einem einfachen Messer abgetrennt! Daraus schließe ich, daß hier kein makabres Mätzchen vorliegt, sondern wahrscheinlich ein Kapitalverbrechen. Und das doppelt: Mord!"

Der Gedanke ließ mich erschaudern und löste bei Lestrade nur ein ungläubiges Kopfschütteln aus:

„Das mag ja ganz brillant klingen, Holmes, aber es überzeugt mich trotzdem nicht! Ich denke auch, daß wohl einiges gegen den Studentenulk spricht, was bitte sollte denn einen Mörder dazu veranlassen, dieser − allem Anschein nach völlig untadeligen und harmlosen Frau − aus heiterem Himmel zwei Beweise für einen Doppelmord zu schikken?! Das ergibt noch weniger einen Sinn!"

„Das ist wohl wahr, nur gibt es dafür möglicherweise auch eine ganz verrückte Erklärung, wie das meistens der Fall ist! Ich jedenfalls bleibe bei meiner Folgerung. Und, nebenbei gesagt, war es Mord an einem Paar: An dem kleineren, zierlicheren, für einen Ohrring durchstochenen Exemplar erkennt man, daß es von einer Frau stammt. Das andere Ohr ist viel größer, stark pigmentiert, hat Verletzungsspuren und − ebenfalls ein Ringloch! Aber es kann nur von einem Mann stammen.

Völlig ausschließen läßt sich meiner Meinung nach, daß die Ohren von Lebenden abgeschnitten wurden, was zwar denkbar wäre, aber mit absoluter Sicherheit in der Zwischenzeit zu einem Thema für die Presse geworden wäre! Es war Mord, und er muß am Dienstag oder Mittwoch passiert sein. Das Paket wurde am Donnerstag aufgegeben, und heute ist Freitag! Undenkbar ist meiner Ansicht nach auch, daß ein anderer als der Mörder diese ‚Trophäen‘ verschickt hat. Ich denke mir, daß er mit seinen Morden nachträglich irgend etwas beweisen wollte. Interessanter ist vor allem das Motiv! Und auch da läßt sich das Einleuchtendste schon jetzt ausschließen: Daß er es tat, um Miss Cushing zu quälen. Denn diese Logik funktioniert doch nur, wenn sie das oder die Opfer kennen und lieben würde, was offensichtlich nicht der Fall ist! Und daher muß ich Miss Cushing doch noch einige Fragen stellen!"

Lestrade war dem mit gerunzelter Stirn gefolgt. Überraschenderweise antwortete er: „Ich habe im Revier noch genügend Arbeit", und verabschiedete sich eilig auf diese eher holprige Art.

Kurz darauf statteten wir Miss Cushing, die uns mit unverändert freundlichen Blicken musterte, einen erneuten Besuch ab.

„Nun, haben Sie neue Erkenntnisse, meine Herren? Das Ganze ist für mich nichts anderes als ein grotesker Irrtum mit tragischem Hintergrund. Das Paket kann nicht für mich bestimmt gewesen sein — völlig ausgeschlossen! Inspektor Lestrade glaubt mir nicht, aber von Ihnen erwarte ich das eigentlich schon eher!"

„Mit Recht, Madam!"

Ich wagte meinen Ohren nicht zu trauen: Holmes klang wie ein gelernter Charmeur.

„Und ich bin in der Tat Ihrer Meinung! Also der Meinung, daß..." Und damit brach Holmes ab. Mitten im Satz verlor er den Faden und starrte hartnäckig auf den Kopf von Miss Cushing, die allerdings mehr in meine Richtung blickte und ihm ungewollt ihr Profil darbot. Wie gebannt waren seine Augen auf die Frau gerichtet, die ihn denn auch — als sie seine Blicke schließlich bemerkte — verwundert ansah. Ich überlegte, was Holmes, der ja immer für Überraschungen sorgte, an dieser Frau fand, so reizvoll, sanft und gepflegt sie für ihr Alter auch war?

„Entschuldigung, Madam!" Offensichtlich hatte Holmes die Unhöflichkeit seines Verhaltens bemerkt. „Ich war mit den Gedanken einen Augenblick woanders! Sagen Sie: Ihre beiden Schwestern..."

„Sind Sie Hellseher, oder haben Sie spioniert?" unterbrach ihn Miss Cushing mit einem mißtrauischen Unterton. „Von ihnen war bisher nirgendwo die Rede!"

„Weder – noch. Aber wer nur einen einzigen flüchtigen Blick auf die hier im Raum an den Wänden hängenden Bilder wirft, kann sich doch schon ein gewisses Bild machen! Die Ähnlichkeit von zwei der abgebildeten Damen mit Ihnen fällt einem Betrachter wie mir sofort ins Auge."

„Da es keinen Grund gibt, das zu verschweigen, kann ich Ihnen ja sagen, daß die beiden Frauen Sarah und Mary sind, meine beiden einzigen Schwestern!"

„Und der Mann, ein Steward, wie ich sehe, der dort auf dem wohl in Liverpool aufgenommenen Foto die rechte Hand auf die Schulter ihrer jüngeren Schwester legt, war deren Verlobter?! Denn verheiratet war sie noch nicht, wie ich sehe!"

„Völlig richtig, Mr. Holmes, wenn ich auch nicht weiß, wie Sie das so schnell bemerkt haben! Nun, Mary hat das aber kurz darauf nachgeholt. Mr. Browner fuhr damals auf der Südamerika-Linie; um seiner Frau näher zu sein, heuerte er auf der *May Day* an, die auf der Strecke Liverpool—London verkehrt. Solange er nicht trank, war er der netteste Mann, den man sich vorstellen kann. Aber der Alkohol verwandelte ihn völlig und zerstörte auch seine Beziehungen zur Umwelt. Er ruinierte die Verbindung zu Mary, und auch das Verhältnis zu Sarah wurde schließlich zerstört!"

Nach ihrer anfänglichen Scheu, sich uns mitzuteilen,

sprudelte es nunmehr fast aus Miss Cushing heraus. Und so erfuhren wir aus ihren farbigen Erzählungen schließlich unzählige weitere Fakten und Details bezüglich ihres Schwagers, ihrer beiden Schwestern und auch der drei Medizinstudenten, die einmal zur Untermiete bei ihr gewohnt hatten. Nur gelegentlich wurde sie von Holmes mit einer Zwischenfrage unterbrochen:

„Was ich nicht verstehe, Madam, ist: Sowohl Sarah wie Sie sind unverheiratet. Warum wohnen Sie eigentlich nicht zusammen? Davon würden Sie doch beide etwas haben, und Platz genug wäre auch da!"

„Eine berechtigte Frage, Mr. Holmes! Aber sie beruht auf Unkenntnis! An mir liegt es wirklich nicht, sondern an Sarah. Sie ist eine schwierige Frau. Bis vor zwei Monaten haben wir es sogar miteinander versucht, dann aber ist sie endgültig ausgezogen. Immer hat sie sich in Sachen eingemischt, die sie nichts angingen, immer war sie unzufrieden!"

„Sie deuteten an, daß sie auch Streit mit Mr. Browner hatte?"

„Ja, obwohl sie sich anfänglich prächtig verstanden haben! Um ihrer Schwester und deren Mann nahe zu sein, ist sie sogar nach Liverpool gezogen. Zuerst in das gemeinsame Haus der beiden, und dann ein paar Straßen weiter. Irgendwann hat es aber dann wohl – wahrscheinlich wegen ihrer ständigen Einmischungen und Nörgeleien – einen Knacks gegeben, und aus war's mit der Freundschaft. In der Zeit, in der sie hier lebte, hat sie nur noch auf unseren Schwager geschimpft: Was er sich und seiner Frau mit seiner Trinkerei alles antue – wie eine Schallplatte!"

90

„Sehr aufschlußreich! Nur noch eine Frage, dann lassen wir Sie wieder in Ruhe: Wie lautet die jetzige Adresse Ihrer Schwester Sarah?"

„Sie wohnt gar nicht weit von hier: Wallington, New Street 69!"

Nachdem wir uns freundlich verabschiedet hatten, nahmen wir eine Droschke, die zufällig am Haus vorbei kam, und machten uns auf den Weg nach Wallington. Zwischendurch gab Holmes auf dem nächstgelegenen Postamt noch ein Telegramm auf.

In der New Street angekommen, ließen wir die Droschke warten und waren gerade dabei zu klingeln, als die Haustür aufging und ein Arzt heraustrat, wie ich anhand seines Medizinkoffers schnell feststellte.

„Hier wohnt doch Miss Sarah Cushing, nicht wahr?" fragte mein Freund ihn.

„Ja schon, aber sie zu besuchen ist völlig unmöglich. Seit gestern ist sie schwer erkrankt – ein Nervenleiden! Mehr darf ich aus Gründen der ärztlichen Schweigepflicht nicht verraten! Für die gesamte nächste Woche habe ich ihr absolute Ruhe, auch vor Besuchern, verordnet."

„Na prima!" Holmes schmunzelte bei dieser Auskunft des Mediziners. „Mehr wollte ich ohnehin nicht wissen!"

Von seiner eigenartig fröhlichen Laune angesteckt, folgte ich ihm in einen Landgasthof, in dem wir bei einem guten Essen über allerhand plauderten. Es war gegen 17 Uhr, als wir Lestrade einen Besuch in seinem Büro abstatteten.

„Vorhin kam ein Telegramm für Sie, Holmes! Hier!" teilte er beiläufig mit, während er es Holmes reichte.

„Und das wird es sein!" strahlte mein Freund, der den

Umschlag ungeduldig aufriß und nach der Lektüre des Textes lächelnd verkündete: „Ich habe ihn, Lestrade! Eindeutig und ohne Zweifel. Da", er reichte dem Inspektor einen Zettel, auf den er zuvor etwas gekritzelt hatte, „das ist der Gesuchte. Aber in Ihre Obhut nehmen können Sie ihn erst morgen abend. Meinen Namen brauchen Sie übrigens in diesem Zusammenhang der Presse gegenüber nicht zu erwähnen, und um so heller strahlt Ihrer!"

Lestrades Gesicht drückte überdeutlich aus, was er in diesem Moment empfand.

„Es war keine übertriebene Bescheidenheit von mir", resümierte Holmes abends in der Baker Street, „daß ich Lestrade den Ruhm des erfolgreichen Ermittlers allein überlassen habe. Es war vielmehr Taktik: Der Fall war eigentlich zu einfach für mich. Als Gegenleistung habe ich ihn nur gebeten, uns über die wenigen noch fehlenden Zwischenglieder zu informieren — aber noch kann er sie nicht haben!"

„Das heißt: Du kennst den Mörder bereits?" fragte ich völlig überrascht.

„Ja, längst!" gab mir Holmes augenzwinkernd zur Antwort.

„Es ist Jim Browner, der Steward, wie ich annehme!" wagte ich einfach einen Versuch.

„Klug erkannt, mein Lieber! Er und kein anderer, auch wenn du diese Folgerung, meinen Erfahrungen zufolge, eher erahnst, als daß du durch analytische Überlegungen darauf gekommen bist. Beginnen wir bei Miss Cushing, und zwar der — was wichtig ist — in Croydon. Diese liebenswerte Frau traf nicht eine Sekunde mein Verdacht. Daß sie zwei Schwestern hat, wie die Bilder und Fotos verrieten, brachte mich dagegen weiter. Warum eigentlich hätte das makabre Paket nicht für eine von den beiden sein können?

Fast alle Zweifel beseitigt wurden bereits im Garten, wo ich die Sendung untersuchte. Die geteerte Schnur konnte nur von einem Schiff stammen! Der Knoten war ein reinrassiger Seemannsknoten! Vom Karton für Zwieback gar nicht zu reden! Aus welcher Quelle das Pökelsalz stammte, war mir dann auch klar. Dazu paßte auch, daß das Paket in einer Hafenstadt aufgegeben wurde. Das größere der beiden Ohren schließlich verwies mich auch auf einen Seemann: Sieht man mal von einigen gesellschaftlichen Randerscheinungen ab, tragen nur sie als Männer Ohrringe!

Das allerletzte, wenn auch kleine Fragezeichen verbarg sich in der Anschrift: *„Miss S. Cushing"*. Das nämlich hätte, und dafür sprach manches, auch Sarah oder Susan oder Sybil Cushing heißen können. Es hätte also einfach nur eine Verwechslung gegeben. Dann aber, du wirst es bemerkt haben, gerade als ich mich von Susan Cushing verabschieden wollte, entdeckte ich etwas an ihrem Kopf, das mich zunächst in heillose Verwirrung stürzte: ihr Ohr! Es glich dem kleineren im Paket fast wie ein Ei dem anderen! In ihrer charakteristischen, unverwechselbaren Ausformung sind Ohren ja Gesichtern gleich − und so konnte die Ähnlichkeit kein Zufall sein. Das abgetrennte Ohr mußte also − die Folgerung war absolut zwingend −, von einer ihrer beiden Schwestern stammen! Diese Vermutung deckte sich auch mit den nachfolgenden Erläuterungen über die

Kontakte und die Wohnverhältnisse der drei Schwestern untereinander. Mit Mary war Browner zwar verheiratet, aber mit Sarah verstand er sich auch sehr gut – ein Dreiecksverhältnis, das Probleme geradezu zwangsläufig produziert! Es gab Streit, und Sarah Cushing zog schließlich zu ihrer Schwester nach Croydon. Wenn Browner ihr etwas hätte schicken wollen, wäre es diese Adresse gewesen! Kommen wir nun aber zum Motiv! Die Eifersucht war es, die hier, wie so oft, der Auslöser für einen Doppelmord war.

Offensichtlich hat Sarah Cushing in Liverpool irgendwas getan, was nun zu dieser dramatischen Zuspitzung und zu einem falsch adressierten Paket führte. Ein Blick auf die Karte mit den Schiffsverbindungen lehrt uns, daß Browners *May Day* auch in Belfast anlegt – das Indiziennetz hat seinen letzten Knoten!

Natürlich wäre es auch möglich gewesen, daß ein Unbekannter Jim Browner und seine Frau getötet hat, und die beiden Ohren aus einer kranken Vorstellung heraus an die Schwester der Frau geschickt hat – das ist aber doch mehr als unwahrscheinlich. Außerdem habe ich an die Polizei in Liverpool telegrafiert und nach dem Aufenthaltsort von Jim Browner gefragt. Sie haben geantwortet, daß er nachweisbar an Bord der *May Day* ist. Zu meiner Theorie paßt auch die Krankheit von Sarah Cushing: Offensichtlich hat sie Depressionen. Das Nervenleiden beruht zweifelsfrei darauf, daß sie aus der Zeitung von dem Paket erfahren hat und mit weiblichem Scharfsinn sogleich schlußfolgerte, daß das Paket ihr zugedacht, jedoch falsch zugestellt worden war! Sie muß sich also an dem Doppelmord irgendwie mitschuldig fühlen und versteckt sich hinter einer Krankheit, die die Ärzte besonders dann gerne diagnostizieren, wenn ihnen nichts Besseres einfällt! Aufklärende Hilfe hatten wir insofern sowieso von ihr nicht zu erwarten, und als letzter Stand der Dinge: Browner kommt morgen abend mit der *May Day* in London an, und Lestrade wird ihn in Empfang nehmen!"

Am Dienstag der folgenden Woche bekamen wir, wie erwartet, Post von Lestrade. Den an Holmes adressierten Brief, den ich ihm beim Frühstück vorlesen mußte, zitiere ich ungekürzt:

*„Lieber Holmes,*
*wie besprochen, war ich am Samstag abend auf dem Albert-Dock, wo die May Day anzulegen pflegt. Wie erwartet war Browner an Bord! Ziemlich zerstört — man hatte ihn wegen Alkoholismus vom Dienst suspendiert — fand ich ihn in seiner Kabine. Er leistete keinen Widerstand bei seiner Verhaftung und bot von sich aus ein Geständnis an: Sie finden eine maschinengeschriebene Fassung des stenografierten Protokolls in der Anlage. Auch wenn es einer meiner leichteren Fälle war, bin ich Ihnen doch dankbar für Ihre zuverlässige Hilfe!*

*Ihr G. Lestrade"*

„Dieser Lestrade", fauchte mein Freund nach der Lektüre des Dokuments. „Jetzt tut er mal wieder so, als hätte er den Fall gelöst, und als wäre ich dabei sein Assistent gewesen.

Ach, was rege ich mich auf: Lesen wir lieber, was Browner dem Stenografen diktiert hat. Diesmal bin ich mit dem Vorlesen dran, mein Lieber:

„Ob ich den Galgen, lebenslänglich oder eine andere Strafe verdiene, haben andere zu entscheiden! Ich war und bin das Opfer widriger Umstände und muß das ertragen. Weil aber auch ich Schuld auf mich geladen habe, kann ich es ertragen! Doch der Himmel weiß, daß Sarah Cushing für alles verantwortlich ist. In der Hölle werden wir uns wohl beide wiedersehen, denn auch ich trage, wie gesagt, Schuld!

Aber angefangen hat alles mit Sarah, die mich erst liebte und dann haßte! Nicht im entferntesten vergleichbar ist sie mit ihren beiden Schwestern, von denen ich Mary liebte und Susan verehrte! Mary habe ich geliebt, und mehr kann man einen Menschen nicht mehr liebhaben. Anfangs war unsere Ehe völlig in Ordnung. Wenn unser Schiff im Hafen lag, hab' ich meine Überstunden immer in Urlaub umgewandelt, nur um möglichst oft und lange zu Hause sein zu können. Manchmal, wenn sich die Beladung verzögerte, bekamen wir auch unbezahlten Zwangsurlaub! Mir hat das nie etwas ausgemacht, denn ich konnte daheim sein, das heißt da, wo ich glücklich war!

Aber dann schob sich Sarah dazwischen, ohne daß ich das sofort richtig merkte. Sicher, auch sie ist schön und attraktiv und wäre für manchen Mann eine Zierde, nur nicht für mich, denn ich hatte meine eigene, unendlich geliebte Frau, die mir vollauf genügte! Diese Tatsache war's wohl, die Sarah aufstachelte und in ihr die Eifersucht entfachte!

Das war wohl der Anfang vom Ende, denn von nun an hetzte Sarah gegen mich. Meine Frau, die mir gegenüber immer mißtrauischer wurde, und ich stritten uns unentwegt. Wegen belangloser Kleinigkeiten lagen wir uns ständig in den Haaren, und hinterher habe ich mich immer gefragt: Was eigentlich war da los? Ich hab' doch gar nichts gemacht! Freilich: Wenn einmal das Gift des Mißtrauens in eine Ehe eingedrungen ist, hat man meistens schon verloren! Mary jedenfalls war verloren für mich und kapselte sich immer mehr ab. Dagegen hockten die beiden Frauen ständig zusammen, als wären sie unzertrennlich.

In meiner Verzweiflung begann ich wieder zu trinken, was ich schon Monate zuvor, Mary zuliebe, aufgegeben hatte! Der Alkohol verändert einen bekanntlich, schwächt den Willen und macht einen hemmungslos. Aber nichts wäre passiert, wäre da nicht plötzlich ein anderer Mann aufgetaucht!

Alec Fairbairn heißt er, ein Seemann. Unverfroren und aufdringlich hat er Mary den Hof gemacht! Die, von mir enttäuscht, fiel natürlich sofort auf den angeblich so weltgewandten Charmeur herein – und so nahm dann das Verhängnis seinen Lauf! Es dauerte zwar einige Zeit, bis ich merkte, was da geschah, doch mit der Zeit wurde mir immer deutlicher bewußt, was sich da vor meinen Augen tat. Der Zufall half mir dabei: Als ich eines Tages, viel früher als erwartet, fröhlich pfeifend nach Hause kam, kam mir meine Frau entgegengelaufen – überglücklich lächelnd..., bis sich mich erblickte! Ganz dumm bin ich ja nun auch nicht: Mir wurde klar, daß sie einen anderen erwartet hatte! Begriffen habe ich das sofort, da konnte sie noch so lange flehentlich an mich hinreden! Ich bin ja nicht blöd, und laut bin ich auch geworden, was Sarah auf den Plan rief: ‚Sarah‘, hab’ ich gesagt, ‚sorg dafür, daß der Kerl draußen bleibt und verschwindet, sonst garantiere ich für nichts – sonst kann’s sogar passieren, daß eines Tages seine Ohren bei dir zum Türschlitz hereinkommen!‘ – Du bist ja nicht ernst zu nehmen, hat sie mir da patzig geantwortet. Ich zahl’ hier meine Untermiete, und wer da wegen mir zu Besuch kommt, geht dich gar nichts an!

Kurz darauf packte sie tatsächlich ihre Habseligkeiten zusammen und zog fort. Sie nahm sich eine Wohnung ein paar Straßen weiter. Geändert hat das nichts, alles wurde nur noch schlimmer: Fairbairn war da ebenso häufig ihr Gast – wie meine Frau! Angeblich tranken die drei Tee. Einmal, eher durch Zufall, bin ich aber doch ins Haus gegangen. Gleich im Flur habe ich meine Frau und Fairbairn getroffen: Sie standen da und hielten einander in den Armen. Ohne zu überlegen, bin ich auf Fairbairn losgegangen, aber er hat sich noch nicht einmal gewehrt – einfach davongelaufen ist er! Meine Frau, die vor Angst nur noch zitterte und leichenblaß war, habe ich eindringlich vor den Folgen gewarnt und dann mitgenommen. Aber zwischen uns war nur noch Mißtrauen, und das erstickte den Rest Liebe langsam, aber sicher. Sarah habe ich nie mehr gesehen. Ich war der Meinung, daß sie sich bei ihrer anderen Schwester in Croydon von dem Schock erholen würde.

Aber damit war noch längst nicht alles zu Ende: Durch einen Schaden an Bord verzögerte sich das geplante Auslaufen der *May Day*, und ich kehrte ganz ungeplant und guten Mutes nach Hause zurück. Ich wollte die Gelegenheit nutzen und erneut mit meiner Frau reden. Aber als ich nach Hause kam, fuhr gerade ein Wagen vom Haus weg, und als ich genauer hinsah, stellte ich fest, daß es meine Frau und Fairbairn waren, die da heiter lachend und in bester Laune plaudernd davonfuhren. Zunächst bin ich ihnen in ohnmächtiger Wut hinterhergelaufen. Dann, als sich der Abstand immer mehr vergrößerte, habe ich mir eine Droschke genommen und konnte ihnen in gleichem Tempo folgen. Am Bahnhof habe ich sie beobachtet, wie sie Fahrkarten nach New Brighton gelöst haben. Ich habe mir auch eine gekauft und bin drei Abteile weiter eingestiegen. In New Brighton sind sie längere Zeit am Strand entlangspaziert und haben sich dann schließlich ein Ruderboot gemietet. Auf dem Wasser, ein paar hundert Meter vom Ufer entfernt, lag wegen der enormen Temperaturunterschiede am späten Nachmittag schon eine Nebelbank. Auch ich habe mir ein Boot geliehen und bin ihnen gefolgt. Schließ-

lich waren wir ganz allein im Nebel. Ich bin immer näher gerudert, und die beiden erkannten plötzlich, wer ihnen da gefolgt war. Meine Frau schrie vor Entsetzen. Ich habe mich unbeirrt und vor Wut halb wahnsinnig dem Boot weiter genähert und längsseits angelegt. Fairbairn versuchte nun, mich mit seinem Ruder wegzustoßen, und da ist es passiert: Ich habe mich halb besinnungslos gewehrt und habe mit meinem Ruder zurückgeschlagen, was ihn sofort getötet hat.

Mary hätte ich wahrscheinlich verschont, hätte sie sich nicht auf ihn geworfen und verzweifelt geweint. Da ist in mir etwas zerbrochen, und ich habe noch einmal zugeschlagen. Irgendwie habe ich dann beiden je ein Ohr genommen, um Sarah zu zeigen, was sie da angerichtet hat!

Das Boot mit den beiden Insassen zu versenken war nicht schwer: Dazu mußte ich das Pärchen nur festbinden, eine Planke aus dem Rumpf treten und dann abwarten, bis das Meer sie zudeckte!

Der Bootsverleiher würde sein Boot unter ,vermißt' oder ,abgetrieben' verbuchen — das wußte ich und brauchte mir insofern keine Sorgen zu machen! So bin ich zurückgerudert, habe mein Boot wieder abgeliefert und bin schließlich, ohne daß jemandem etwas aufgefallen war, auf meinen Dampfer zurückgekehrt!

Das Paket hab' ich noch am selben Abend in meiner Kabine fertiggemacht und im nächsten Hafen bei der Post aufgegeben.

Was nun mit mir passiert, ist mir egal! Schlimmeres, als ich bereits durchgemacht habe, kann mir eh nicht mehr passieren!

Und was mich nach dem Galgen erwartet, weiß weder ich noch der Pfarrer, der mir da sicherlich einen letzten Trost zu spenden versuchen wird. Vielleicht ein gütiger Richter?"

Browner wurde vier Monate später gehenkt. Holmes und ich haben nie mehr über diesen Fall gesprochen.

# Das Diadem

„Der Mann da draußen macht den Eindruck, als hätte er sich gerade aus einer Zwangsjacke befreit", sprach ich Holmes anstelle eines Morgengrußes an, als er, noch recht verschlafen und in seinen warmen Winterbademantel gekuschelt, an der Tür zum Eßzimmer erschien. Gähnend schlurfte er zu mir ans Fenster, um durch das kleine Guckloch, das ich in das Eisblumenmeer gehaucht hatte, die Straße zu inspizieren. Neuschnee hatte die schmutzige, matschige Trostlosigkeit des Februars zwar etwas gemildert, konnte jedoch die trüben grauen Fassaden nicht nachhaltig verschönern. Auch der Schneematsch auf den Bürgersteigen lud nicht gerade zu einem Spaziergang ein. Nur wenige Menschen waren bei diesem Wetter unterwegs, und deshalb wußte Holmes auch sofort, welche Gestalt ich da draußen ins Auge gefaßt hatte. Die merkwürdige Erscheinung eines älteren Herrn, der seiner Kleidung nach aus besseren Kreisen stammte, war aber auch wirklich so augenfällig, daß jede Verwechslung ausgeschlossen war.

Aus der Richtung des Droschkenstandes schoß er förmlich auf unser Haus zu und fuchtelte dabei, offensichtlich um auf dem Glatteis seine Balance zu halten, so wild mit seinen Armen herum, daß man fast glauben konnte, es mit einem Verrückten zu tun zu haben.

Sein solides Äußeres war mit dem etwas seltsam wirkenden Benehmen nicht so recht in Einklang zu bringen. Die wenigen Minuten, die er den Mann beobachtete, hatten Holmes genügt, daß er nunmehr hellwach war und voller Neugierde auf unsere Haustür starrte, so als würde der Mann jeden Moment dort eintreten. „Du glaubst wohl, daß er zu uns kommt?" fragte ich ihn interessiert. „Aber ja, wie kannst du denn überhaupt eine solche Frage stellen? Das sieht doch ein Blinder, daß er unseren Rat sucht!" entgegnete er mir beinahe herablassend.

Holmes hatte den Satz noch auf der Zunge, als auch schon unsere Türglocke läutete. Kurz darauf, nach Luft ringend und keuchend, torkelte der Beobachtete in unser Zimmer. Das Gesicht des Mannes war leichenblaß, und seine Augen verrieten tiefe Verzweiflung und Bitterkeit. Er war offensichtlich völlig überdreht. Fiebrig nervös fuhr er ununterbrochen durch seine bereits völlig zerzausten Haare, rannte wie von Sinnen immer im Zimmer auf und ab und stieß zu allem Überfluß schließlich auch noch mit seinem Kopf an die Wandtäfelung. Holmes sah sich nun gezwungen, endlich einzugreifen. Er drückte den Mann zuerst einmal in einen bequemen Sessel, hielt ihm eine Weile die Hand, bis er sich etwas gefaßt hatte, und redete dann ganz ruhig auf ihn ein:

„Verschnaufen Sie erst einmal, Sie sind ja völlig er-

schöpft. Ruhig durchatmen! So ist's richtig! Lassen Sie sich Zeit, gemeinsam werden wir Ihr Problem schon lösen!"

Schweißüberströmt und mit bebenden Lippen, bemühte sich der Mann um Selbstbeherrschung und hatte sich nach gut einer Viertelstunde auch soweit gefaßt, daß ein vernünftiges Gespräch möglich war.

„Verzeihen Sie, es ist sonst nicht meine Art, mich auf diese Weise vorzustellen. Ich hoffe jedenfalls, daß Sie mich nicht für übergeschnappt halten. Aber mir ist in den letzten Tagen so viel Schreckliches passiert, daß ich fast schon selbst glaube, verrückt zu werden. Alles ist im Eimer, anders kann ich es nicht ausdrücken, mein guter Ruf, meine Ehre und meine Familie! Ich komme mir vor wie gerädert. Und ich bin zu allem Übel auch nicht alleine davon betroffen. Eine sehr geachtete Person des öffentlichen Lebens wird von diesen Ereignissen ebenfalls in Mitleidenschaft gezogen. Ich werde mich nirgendwo mehr sehen lassen können! Aber nachdem sie so verständnisvoll auf mich zugegangen sind, will ich mich jetzt mit aller und letzter Kraft darauf konzentrieren, Ihnen den Sachverhalt zu schildern.

Mein Name ist Alexander Holden. Ich nehme an, daß Ihnen der Name etwas sagt. Ich bin Mitinhaber des Bankhauses Holden & Steven in der Robinson Street."

Natürlich war er uns aus der Zeitung bekannt. Seine Bank, eine der solidesten in ganz England, hatte im Wirtschaftsteil der Zeitungen schon mehrmals unsere Aufmerksamkeit erregt. Nach dieser Information durfte er unseres Interesses noch sicherer sein. Neugierig warteten wir auf seine weiteren Ausführungen.

„Schon in aller Herrgottsfrühe war ich bei der Polizei, und der Inspektor hat mir eindringlich empfohlen, Sie in den Fall einzuschalten. Auf dem schnellsten Weg bin ich mit der Droschke zu Ihnen gefahren, damit keine Minute kostbarer Zeit verlorengeht. Vom Droschkenstand aus bin ich hierher gerannt, um ja keine Zeit zu versäumen. Das ist für mich so ungewohnt, daß ich vor Ihrem Haus fast vor Erschöpfung zusammengebrochen wäre. Den genauen Sachverhalt will ich Ihnen nun Schritt für Schritt darzulegen versuchen:

Wie Sie beide sicher wissen, ist ein gewinnbringendes Bankgeschäft immer davon abhängig, interessante Anlagemöglichkeiten unter den Aktien zu finden – mit Kursspielraum nach oben oder einer guten Dividende. Gleichzeitig muß es unser Bestreben sein, unseren Kundenstamm nach Möglichkeit auszudehnen.

Die lukrativste Einnahmequelle dabei ist für uns immer noch die Kreditvergabe. In den letzten Monaten haben wir beispielsweise zahlreiche Darlehen an Mitglieder des Hochadels vergeben, die mit ihren Kunstschätzen dafür bürgten.

Während der gestrigen Geschäftszeit wurde mir nun ein neuer Kunde angemeldet, eine der größten Persönlichkeiten unserer Gesellschaft, Baron... nein, diesen Namen halte ich im Moment lieber noch geheim! Ich fühlte mich natürlich geschmeichelt, daß jener wichtige Herr mit uns in Geschäftsverbindung treten wollte. Bevor ich die Ehre für unsere Bank richtig würdigen konnte, kam mein Besucher sofort zum Kern der Sache:

‚Ich benötige eine größere Summe Geld und bin informiert worden, daß Sie gegen entsprechende Sicherheiten bereit sind, hohe Kredite zu gewähren!'

‚Kein Problem, besonders in Ihrem Fall', beeilte ich mich, ihm zu versichern. ‚Wenn der Betrag meinem privaten Vermögen entspricht, bin ich auch gerne bereit, die Summe selbst aufzubringen.'

‚Ich möchte keine Sonderbehandlung!' unterbrach er mich etwas barsch. ‚Bis kommenden Montag muß ich über 50 000 Pfund verfügen können und biete Ihnen dafür ein Pfand von unermeßlichem, unschätzbarem Gegenwert. Ich habe es sogar mitgebracht. Das Schmuckstück dürfte Ihnen nicht unbekannt sein. Es ist ein Smaragddiadem.'

Ich konnte einen leisen Ausruf des Erstaunens nicht unterdrücken, denn erst kürzlich hatte ich einen Artikel über dieses Prunkstück gelesen und konnte mich an den Fotos nicht satt sehen. Es gilt als das kostbarste Diadem im ganzen britischen Commonwealth. Mein Besucher schloß eine Schmuckkassette auf, und der prachtvolle Schmuck schlug mich restlos in Bann. Eingebettet in wunderschönem dunkelgrünem Samt, funkelten mir die Smaragde entgegen!

‚In diesem Kleinod befinden sich neununddreißig überdurchschnittlich große Smaragde, eingefaßt in eine herrliche Goldumrahmung', kommentierte er unbeeindruckt.

Zweifelnd sah ich ihn an.

‚Haben Sie Bedenken wegen seines Wertes?' wollte er wissen.

‚Nicht im geringsten, ich kann mir nur schwer vorstellen, was Sie veranlaßt, diesen Schatz aus der Hand zu geben?'

‚Machen Sie sich darüber keine Gedanken. Mir würde es

im Traum nicht einfallen, mich davon zu trennen! Ich werde am Montag einen größeren Geldbetrag erhalten, und dann kann ich Ihnen das Geld gleich wieder zurückzahlen. Daß ich Ihnen das Schmuckstück hierlasse, bedeutet also kein Risiko für mich. Außerdem halte ich sie für einen vertrauenswürdigen Mann und hoffe, daß Sie mich darin nicht enttäuschen werden. Die ganze Angelegenheit muß weiterhin streng geheim behandelt werden. Kein Wort also zu irgend jemandem! Wenn dieses Geschäft an die Öffentlichkeit dringt, gibt es einen Skandal, der alles, was in den letzten Jahren die Gemüter erregte, in den Schatten stellen wird. Ganz davon abgesehen, handelt es sich hier um ein Kunstwerk, das mir auf der ganzen Welt niemand mehr ersetzen kann, falls es verlorengehen sollte. Ich werde es am Montag eigenhändig wieder abholen, um jedes Risiko zu vermeiden.'

Aus der kurzen und schnellen Erklärung des Handels war zu entnehmen, daß er es eilig hatte. Ohne weitere Umschweife ordnete ich deshalb beim Kassierer an, ihm die 50 000 Pfund auszuzahlen. Wieder allein in meinem Büro, wurde es mir jedoch immer unangenehmer zumute. Die Verantwortung, die ich mir mit diesem Schmuckstück aufgebürdet hatte, drückte erheblich auf mein Gemüt. Aber schließlich war daran nichts mehr zu ändern. Ich verschloß den Schmuckkasten im Safe und arbeitete an wichtigen Unterlagen weiter. Zum Ende der Bürozeit hin überlegte ich mir, wie ich das Diadem am besten in Sicherheit bringen könnte, und beschloß, es bis zum Zeitpunkt, da es wieder abgeholt werden würde, ständig in meiner Nähe zu haben, damit ich es im Notfall selbst verteidigen könnte. Ich nahm es also mit nach Hause und verschloß es schlichtweg im Wäscheschrank meines Ankleidezimmers!

Damit Sie sich ein vollständiges Bild machen können, Mr. Holmes, muß ich natürlich auch meine Angestellten erwähnen. Der Butler und mein Boy haben ihre Zimmer außerhalb des Hauses. Für den zur Debatte stehenden Vorfall kommen sie wohl kaum in Betracht. Den Dachboden bewohnen die Köchin und die beiden Dienstmädchen, die schon jahrelang in meinem Haus sind und für deren Zuverlässigkeit ich bürge. Anders ist es bei Nancy Reynolds, die vor etwa einem halben Jahr aufgrund von außergewöhnlich guten Zeugnissen eingestellt wurde. Sie ist Stubenmädchen, und ich bin bisher immer sehr zufrieden mit ihr gewesen. Eine reizende, aparte Person, die dementsprechend auch einige Verehrer hat. Im übrigen ist sie ein zuverlässiges Mädchen, das bis jetzt alle seine Pflichten erfüllt hat, ohne daß ich jemals etwas beanstanden hätte müssen. Die Hand für sie ins Feuer legen aber kann ich natürlich nach dieser relativ kurzen Zeit nicht. Zu meiner Familie ist nicht allzuviel zu sagen. Meine Frau ist vor einigen Jahren gestorben, und ich habe nur einen Sohn namens Arthur. Er ist nicht gerade ein Stammhalter, auf den man stolz sein kann.

Ich kann mich dabei aber auch selbst nicht von Schuld freisprechen. Nach dem Tod meiner Frau habe ich ihn offenbar zu sehr verwöhnt, aber er war schließlich das einzige, was mir von ihr als Erinnerung blieb. Ich wäre ihm wahrscheinlich ein besserer Vater gewesen, wenn ich die Zügel etwas straffer gehalten hätte. Wie auch immer! Als Geschäftsnachfolger kommt er für mich nicht in Frage. Er

109

kann mit Geld einfach nicht umgehen. Bereits vor langer Zeit trat er in irgendeinen Schriftstellerclub ein, fühlte sich in diesem Milieu sichtlich wohl und war anscheinend auch beliebt. Er lernte Menschen kennen, die einen recht ausschweifenden Lebensstil pflegten, und versuchte, es ihnen gleichzutun. Im Kartenspiel oder beim Rennen verlor er Summen, über die er eigentlich nicht verfügen konnte — mit der Konsequenz, daß er mich häufig um Geld bitten mußte, um seine Ehrenschulden zu begleichen. Zwischendurch versuchte er gelegentlich, sich dem Einfluß dieser Leute zu entziehen, aber bis heute anscheinend ohne Erfolg. Sir George Burnwell, einem seiner Freunde, gelang es immer wieder, ihn zur Rückkehr in diese Kreise zu überreden, was mich allerdings nicht sehr verwundert, da auch ich, ich muß es gestehen, seinem Charme erlegen bin. Durch und durch ein Gentleman, dazu ein gepflegter, gutaussehender Mann. Er war mehrmals bei uns zum Abendessen und stellte sich als ein ausgesprochen unterhaltsamer Gesprächspartner heraus. Aus der Distanz sehe ich ihn aber mit anderen Augen. In der Erinnerung scheinen mir seine Redensarten überspannt, und seine etwas verschleierten Augen, die einen nie direkt ansehen können, hätten mich warnen sollen. Mary, meine Nichte, hat seinen wahren Charakter sehr viel schneller erkannt. Mit ihrem weiblichen Einschätzungsvermögen ist sie zum gleichen Endergebnis gekommen wie ich.

Sie ist übrigens die letzte Person in meinem großen Haushalt, die ich noch erwähnen muß. Mit dem Tod meines Bruders vor fünf Jahren wurde sie Waise, und ich empfand es als meine Pflicht, sie an Kindes Statt anzunehmen und ihr damit ein neues Zuhause zu schaffen. Nach kurzer Zeit habe ich sie behandelt wie meine eigene Tochter. Sie ist mir sehr ans Herz gewachsen. Aufgeschlossen, fröhlich und verantwortungsbewußt führt sie unseren Haushalt und ist trotzdem eine zierliche, anpassungsfähige, liebenswerte Person. Ein Leben ohne sie kann ich mir nicht mehr vorstellen. Sogar mein Sohn hat sich in sie verliebt, seine Heiratsanträge hat sie jedoch schon zweimal abgelehnt. Dabei hatte ich so große Hoffnungen darauf gesetzt, daß sie aus ihm einen anständigen Mann machen würde. Aber da bestehen wohl keine Chancen..." Holdens Blick wurde plötzlich ein wenig wehmütig, aber er faßte sich sofort wieder und fuhr fort:

„Nun kennen Sie alle Personen in meinem Haus, und ich will zum eigentlichen Kern der Geschichte kommen. Gestern abend nach dem Essen berichtete ich Arthur und Mary von dem sensationellen Tagesereignis, ohne jedoch den Namen unseres Kunden zu erwähnen. Lucy Parr hatte bereits abserviert und das Eßzimmer verlassen. Ob sie allerdings die Tür hinter sich geschlossen hatte, weiß ich nicht. Voller Spannung lauschten Arthur und Mary meinem Bericht. Sie wollten das Schmuckstück unter allen Umständen selbst in Augenschein nehmen. Aber diesen Gefallen konnte ich ihnen nicht tun, da es mir sicherer schien, es an seinem Platz zu belassen! ‚Hast du denn einen Ort gefunden, von dem man das Diadem nicht ohne weiteres entwenden kann?' wollte mein Sohn wissen.

‚In der Kommode meines Schlafzimmers ist es sicher unter Verschluß.'

‚Da ist es auf alle Fälle einbruchsicher verwahrt', bemerkte Arthur ironisch, ‚schon als kleiner Junge wußte ich, daß der Schlüssel zum Speicher auch dort paßt. Also kein Problem für jemanden, der den Schmuck entwenden will!‘

Ich maß seiner etwas arroganten Äußerung keine weitere Bedeutung bei und schnitt ein anderes Thema an. Als ich mich wenig später auf den Weg ins Schlafzimmer machte, bat mich Arthur, als sei dies die selbstverständlichste Sache von der Welt, ihm doch zweihundert Pfund zu leihen, die er gerade zufällig brauche. Dies war in diesem Monat bereits seine dritte Geldforderung. Barsch wies ich ihn deshalb ab. Daraufhin ging er beleidigt auf sein Zimmer. Bevor ich mich schlafen legte, prüfte ich nochmals ängstlich, ob das wertvolle Schmuckstück auch unversehrt an seinem Platz lag. Nachdem ich alles in Ordnung vorgefunden hatte, hängte ich den Schlüssel um meinen Hals. Damit mir auch ja kein Fehler unterlaufen konnte, drehte ich danach noch eine Runde im Haus und kontrollierte die verschlossenen Fenster und Türen. Unten im Hausgang stieß ich auf Mary, die den Griff eines Fensterflügels gerade noch in der Hand hatte. Ein bißchen irritiert wandte sie sich an mich:

‚Lucy kam vor wenigen Minuten von draußen herein. Hast du ihr erlaubt, wegzugehen?‘

‚Auf keinen Fall, mit solchen Fragen wendet sie sich doch sonst immer an dich. Sprich morgen vormittag sofort mit ihr, solche eigenwilligen Entscheidungen dulde ich bei meinen Angestellten nicht!‘

‚In Ordnung, Papa. Gute Nacht! Ich habe übrigens alle Fenster und Türen kontrolliert, alles geschlossen!‘

‚Schlaf gut, mein Kind!‘

Wieder in meinem Zimmer, legte ich mich sogleich ins Bett und schlief bald darauf ein...

Mr. Holmes, gibt es zum bisherigen Verlauf meiner Erzählung irgendwelche Fragen? Ich bemühe mich, auf alles Wesentliche einzugehen, aber ich weiß nicht, ob mir dies klar und deutlich gelungen ist."

„Alles in Ordnung, Mr. Holden, ich kann Ihnen ohne Probleme folgen. Fahren Sie bitte fort!" Holmes hatte seine Ausführungen aufmerksam verfolgt.

„Die Verantwortung, die ich auf mich geladen hatte, konnte selbst der Schlaf nicht fortnehmen. Mein Unterbewußtsein hielt mich in ständiger Alarmbereitschaft, während mich wilde Träume peinigten. Nachts, so etwa gegen zwei Uhr, hörte ich plötzlich aus den unteren Räumen ein undefinierbares Geräusch! Mit einem Satz war ich aus dem Bett. Bis ins Äußerste gespannt, lauerte ich auf das, was nachfolgen würde. Eine Minute später hörte ich nackte Füße im Nebenzimmer herumtapsen. Sie können sich vorstellen, daß mir bei diesem Geräusch das Herz fast stillstand! In heller Aufregung und zitternd vor Angst, knipste ich den Kronleuchter an, da vorher nur die Nachttischlampe gebrannt hatte, öffnete die Tür und – erkannte meinen Sohn, der nebenan im Ankleidezimmer mit aller Gewalt versuchte, einen Stein aus dem Diadem zu brechen. Nur mit seinem Schlafanzug bekleidet, stand er da und wurde aschfahl im Gesicht, als er merkte, daß ich ihn erwischt hatte. Hätte ich nicht schnell genug reagiert, wäre ihm das Kunstwerk auch noch aus den Händen gefallen und auf dem Boden zerbrochen. Ich konnte es im letzten Moment auffangen. Ein kurzer Blick genügte, um festzustellen, daß drei der Riesensmaragde bereits aus der Fassung herausgebrochen waren! Ohne Beherrschung brüllte ich ihn an:

‚Du Dieb, du Gauner, du Nichtsnutz – wie kannst du nur?! Das Diadem ist ruiniert! Auf der Stelle sagst du mir, wo du die Steine versteckt hast! Daß du dich an fremdem Eigentum vergreifst, hätte ich dir nicht zugetraut! Schämst du dich nicht, deinem Vater so etwas anzutun?‘

‚Was heißt hier, an fremdem Eigentum vergreifen?‘ entsetzte er sich. ‚Alle Smaragde sind doch noch dran.‘

‚Willst du abstreiten, was ich mit eigenen Augen gesehen habe? Du bist doch gerade dabei, einen weiteren Stein an dich zu bringen‘, antwortete ich.

‚Deine Beleidigungen und Beschimpfungen lasse ich mir nicht länger bieten. Ich habe mit dir nichts mehr zu schaffen. Morgen früh werde ich mich für immer aus deinem Haus verabschieden!‘

‚Die Polizei wird dich schnell wieder einfangen und zurückbringen. Die bringt dich schon soweit, daß du gestehst!‘ brüllte ich aus Kummer und Enttäuschung.

‚Vor der Polizei habe ich keine Angst, sie sollen nur kommen‘, schrie er zurück.

Unser Gebrüll hatte Mary und das Personal aus dem Schlaf gerissen. Meine Nichte lief sofort in mein Zimmer, um zu sehen, was geschehen war. Ihr erster Blick fiel auf das Schmuckstück, und wahrscheinlich wußte sie sofort Bescheid. Jedenfalls fiel sie auf der Stelle in Ohnmacht! Arthur baute sich voller Zorn vor mir auf und wollte wissen, ob ich ihm tatsächlich bei der Polizei eine Diebstahlsanzeige anhängen wolle. Meine Antwort war nur, daß dies nicht in meinem Ermessen läge, da es sich um eine öffentliche Angelegenheit handele, schließlich sei der ruinierte Schmuck Staatseigentum. Dann verlangte ich von der Köchin, daß sie augenblicklich die Polizei verständige.

Die Wartezeit verbrachte ich vergebens damit, meinen Sohn zu beschwören, die gestohlenen Steine herauszugeben, um noch schlimmeres Unheil abzuwenden. Er wollte von mir sogar die Erlaubnis, einige Minuten ins Freie gehen zu dürfen. Das habe ich ihm natürlich verweigert! Daraufhin sprach er, störrisch wie ein Esel, kein Wort mehr mit mir. Die Polizei verhaftete ihn schließlich und nahm ihn mit aufs Revier. Seit gestern abend durchsuchen sie das Haus vom Keller bis zum Speicher nach den Steinen, jedoch ohne Erfolg!

Lieber Mr. Holmes, Sie sind meine letzte Rettung, Sie müssen sich meiner annehmen, nachdem Sie nun die ganze Misere kennen. Ich bin ruiniert, wenn Sie nicht einen Ausweg finden! In wenigen Stunden habe ich den Schmuck, meinen guten Ruf und meinen Sohn verloren. Das Leben hat so keinen Sinn mehr für mich!"

Wie ein Kind, das vertrauensvoll, aber gleichzeitig auch verzweifelt seine Mutter anschaut, blickte Holden auf Holmes – auf ihn schien er wirklich alle seine Hoffnungen zu setzen. Mein Freund aber registrierte das gar nicht. Er war gedanklich so in diese Verwicklungen vertieft, daß er für solche Kleinigkeiten keinen Blick hatte. Die Angelegenheit selbst war wichtig – und sonst nichts! „Wen hatten Sie denn in den letzten Tagen eingeladen?" hakte Holmes nach.

„Von gelegentlichen Besuchen meines Geschäftspartners und dessen Familie abgesehen, kam lediglich zu Arthur ab und zu ein Gast. Auch Sir George Burnwell, den ich vorhin schon erwähnte, war mehrfach zum Abendessen da."

„Sind Sie selbst häufig bei Abendgesellschaften?"

„Mary und ich gehen praktisch nie aus, wir schätzen die Ruhe zu Hause. Arthur ist dagegen mehr unterwegs!"

„Solche Zurückgezogenheit ist aber sehr merkwürdig für ein junges Mädchen! Fehlt ihr etwas?"

Offensichtlich verschaffte sich Holmes gerade die nötigen Detailkenntnisse für seine Analyse.

„Aber keineswegs", fuhr Mr. Holden fort, „sie hat nur ein sehr zurückhaltendes Wesen. Mit ihren vierundzwanzig Jahren ist sie kein Backfisch mehr. Ihre Einstellung und Haltung erkennen Sie auch daran, wie sehr sie sich mein Schicksal zu Herzen nimmt. Die Tat von Arthur belastet sie genauso stark wie mich selbst!"

„Sind keinem von Ihnen Zweifel gekommen, ob Sie vielleicht einen falschen Eindruck von der Situation haben? Vielleicht wollte Ihr Sohn den Schaden wieder in Ordnung bringen, den ein anderer verursacht hat?!"

„Großer Gott, Holmes! Wie könnte ich denn zu solchen Überlegungen kommen? Er stand vor meiner Kommode, hatte das verbogene Schmuckstück in der Hand, und die Steine fehlten!" erwiderte Mr. Holden verzweifelt.

„In irgendeinem Punkt stimmt der Ablauf nicht. Versetzt man sich in die Situation Ihres Sohnes, wäre doch eigentlich zu erwarten, daß er sich verteidigt und irgendeine Entschuldigung parat hat. Aber nichts dergleichen! Wie hat sich denn die Polizei das Geräusch erklärt, durch das Sie aufgewacht sind?"

„Der Inspektor nimmt an, daß Arthur im Haus unvorsichtigerweise eine Tür fallen ließ."

„Eine äußerst plausible Annahme, vor allem, wenn man davon ausgeht, daß Ihr Sohn heimlich etwas stehlen wollte! Und wie stellt sich unsere öffentliche Schutzmacht zu den abhanden gekommenen Smaragden?"

„Sie ist immer noch damit beschäftigt, jeden Winkel meiner Villa zu durchforsten. Auch in der näheren Umgebung haben sie bereits alles abgesucht. Kein Busch, keine Blumenrabatte blieb unbeachtet. An Eifer und Engagement fehlte es dabei wirklich nicht!"

„Mr. Holden, Ihnen mangelt es zwar etwas an jenem kriminalistischen Instinkt, der mich zu meiner Berufswahl veranlaßte, aber allmählich müßte auch Ihnen dämmern, daß die Verwicklungen komplizierter sind, als es den Anschein hat. Befassen wir uns nochmals mit ihrer Hypothese und achten dabei auf die Konsequenzen, die sich daraus ergeben müßten. Arthur, obwohl verärgert durch Ihre Weigerung, ihm das Geld zu geben, geht dennoch auf sein Zimmer und legt sich schlafen. Mitten in der Nacht steht er auf und läuft ohne Kleider in Ihr Ankleidezimmer. Dort sperrt er die Kommode auf, entfernt mit eigener Kraft aus dem Diadem eine Zacke mit den drei jetzt fehlenden Steinen, nimmt das unrechte Gut und versteckt es irgendwo in der näheren Umgebung so sorgfältig, daß es die Polizei bis jetzt nicht finden kann. Dann kehrt er erneut in Ihr Ankleidezimmer zurück, um seinen Raubzug zu wiederholen, und wird von Ihnen deshalb erwischt, weil er vorher eine Tür ins Schloß fallen ließ. Das stimmt doch von A bis Z nicht! Ich werde jetzt selbst die Ermittlungen aufnehmen.

Nur so wird Licht in die Angelegenheit kommen! Watson, du wirst heute auf dein Frühstück verzichten müssen. Wir gehen jetzt alle drei schnellstens los, damit wir noch einige Spuren finden, bevor die Polizisten alle verwischt haben!"

Gerne war ich bereit, die kleine Einschränkung auf mich zu nehmen, um diese unerklärliche Geschichte weiter verfolgen zu können. Ehrlicherweise muß ich gestehen, daß ich bisher die Anhaltspunkte für die Unschuld des jungen Holden nicht sehen konnte. Es gab mir zwar immer wieder einen kleinen Stich, wenn ich bemerkte, daß Holmes mir gedanklich meilenweit voraus war, aber in der jahrelangen Zusammenarbeit mit Sherlock hatte ich akzeptiert, daß die verbrecherischen Gedankengänge seine Spezialität waren. Ich konnte dagegen nur gelegentlich mit meinen medizinischen Kenntnissen auftrumpfen. Zudem wußte ich, daß er mich zu gegebener Zeit in alles einweihen würde.

Seine Eile in den frühen Morgenstunden bewies, daß ihn das Problem des Bankiers fasziniert und seinen Ehrgeiz angestachelt hatte. Mr. Holden, wohl animiert durch Holmes' Eifer, schien nun auch wieder an eine Zukunft zu glauben. Voller Tatendrang erreichten wir drei das gepflegte Anwesen. Die Außenansicht der Villa mitten in einem ausgedehnten Park, der in einen kleinen Wald überging, vermittelte den Eindruck betuchter Familien. Um das Haus waren Hecken gezogen, die nur einen Durchlaß zum Dienstboteneingang und einen zweiten zum hinteren Gartenteil offen ließen. Von links führte ein kleiner öffentlicher Weg zu der breiten Auffahrtsstraße. Holmes betrat erst gar nicht das Haus, sondern begann sofort in der näheren Umgebung mit seinen Nachforschungen, deren Ergebnisse wir im Wohnzimmer erwarten wollten. Doch kaum hatten wir Platz genommen, als eine zierliche, dunkelhaarige Frau eintrat, die mir Mr. Holden als seine Nichte Mary vorstellte. In meinem ganzen Leben hatte ich bei einem gesunden Menschen noch nie ein solch fahles Gesicht gesehen. Sogar die Lippen waren derart blaß, daß sie keinen Kontrast mehr zur Haut ihres Gesichtes bildeten. Das Mädchen bewegte sich wie ein Schatten. Ihre Gesichtszüge waren gleichwohl ausdrucksvoll und zeugten von einem großen Kummer. Gegenüber Holden schien sie eine liebevolle Zuneigung zu empfinden.

„Papa, hast du dich darum bemüht, daß Arthur bald freigelassen wird?" fragte sie ihren Adoptivvater sofort.

„Aber Kind, es wird doch noch alles untersucht!"

„Ich weiß genau, daß er unschuldig ist! Du mußt ihm helfen, wenn du dich nicht gegen dein eigenes Fleisch und Blut versündigen willst!" antwortete sie. „Vielleicht gibt es eine einfache Erklärung für sein Handeln!"

„Solange die Sache nicht restlos aufgeklärt ist, kenne ich kein Pardon. Ich bin extra nach London gefahren und habe Mr. Holmes eingeschaltet."

„Sie sind...?" wandte sie sich an mich.

„Mr. Holmes ist draußen mit den Untersuchungen befaßt", unterbrach sie ihr Vater.

„Dann muß ich mich vorerst in Geduld fassen, aber ich bin absolut davon überzeugt, daß sich seine Unschuld beweisen wird!" wiederholte sie nochmals.

„Ich bin ganz Ihrer Meinung", verkündete Holmes aus dem Hintergrund, während er durch hartes Aufstapfen seine Schuhe vom Schnee befreite.

„Sie sind wohl die Tochter des Hauses?" redete er ungeachtet weiter. „Ich würde mich gerne ein wenig mit Ihnen unterhalten!"

Mary Holden erklärte ihm, daß sie am Vorabend alle Türen und Fenster nachgesehen und verschlossen vorgefunden habe. Auch am heutigen Morgen habe sie schon einen Rundgang gemacht, und nichts wäre verändert. „War gestern abend noch ein Bekannter von Lucy Parr hier? Sie haben Ihrem Vater ja erzählt, daß sie noch draußen gewesen sei."

„Tatsächlich, ich habe sie beobachtet, wie sie durch die Küchentür heimkam. Sie hat uns gestern übrigens auch das Essen serviert!"

„Keine falschen Spekulationen, Mary! Vergiß nicht, daß ich Arthur mit dem Diadem in der Hand sah", funkte Holden dazwischen.

„Durch die offene Tür konnte ich draußen auch die Gestalt eines Mannes erkennen. Es war Francis Proper, der Gemüsehändler, der mit seiner Prothese", berichtete Mary weiter.

„Sie müssen ihn linker Hand gesehen haben, nicht wahr?" wollte Holmes seine eigenen Erkenntnisse bestätigt haben.

Verwirrt erkannte das Mädchen, wie schnell Holmes die Einzelheiten registriert hatte. Sie nickte nur. Bei meinem Freund schlug die Ungeduld mal wieder durch. Er wollte auf der Stelle das Schlafzimmer des Hausherrn sehen, überlegte es sich aber kurzfristig anders und inspizierte zuerst alle Fenster mit der bekannten Gründlichkeit. Gemeinsam stiegen wir schließlich in die obere Etage. Vor allem das Schloß der Kommode erregte im besonderen Holmes' Aufmerksamkeit. Holden reichte ihm den Speicherschlüssel, und so konnte er feststellen, daß er tadellos funktionierte.

„Jetzt möchte ich den Schmuck begutachten, Mr. Holden", verlangte Holmes daraufhin.

Er öffnete die Schmuckschatulle und bewunderte die wunderschöne Goldschmiedearbeit mit den wertvollen Steinen. Plötzlich forderte er Holden auf, gegenüber der gelösten Zacke eine weitere abzubrechen, was dieser aber voll Entsetzen ablehnte.

„Da bleibt mir nichts anderes übrig, als es selbst zu versuchen!"

Er ging mit erstaunlicher Kraft ans Werk, aber er blieb erfolglos.

„Ich hoffe, Sie haben das gesehen, Mr. Holden. Die Legierung hat sich zwar etwas verbogen, aber mit normaler Menschenkraft ist es unmöglich, das Gold zu brechen! Zudem hätte das einen Knall von der Lautstärke eines Pistolenschusses verursacht, von dem Sie mit Sicherheit aufgewacht wären."

„Mr. Holmes, Sie verwirren mich! Ich weiß nun überhaupt nicht mehr, was ich glauben soll!" brachte Holden stammelnd hervor.

„Sind Sie absolut sicher, daß Ihr Sohn keine Schuhe trug?"

„Ja, es fiel mir auf, als er das Diadem fast fallen gelassen hätte."

„Gut, ich werde dies bei meinen Untersuchungen berücksichtigen. Entschuldigen Sie mich für eine Weile, ich habe draußen noch einiges zu erledigen. Wir werden anschließend klarer sehen."

Fast zwei Stunden ließ er sich nicht mehr sehen.

Als er wieder zu uns ins Wohnzimmer trat, erklärte er, daß er jetzt nach Hause müsse und Mr. Holden am nächsten Morgen bei sich erwarte. Das war typisch für Holmes! Er sagte kein Wort zu seinen Erkundungen oder deren Ergebnissen. Alle Anwesenden fühlten sich durch sein Schweigen auf die Folter gespannt. Von Holden ließ er sich versichern, daß er freie Hand in seinen Ermittlungen habe und ihm eventuell benötigtes Geld zur Verfügung stehe.

Auf der Rückfahrt äußerte er auch mir gegenüber kein Wort über die Ergebnisse seiner bisherigen Untersuchungen. Seinem Verhalten entnahm ich jedoch, daß er sich schon siegessicher fühlte. Zu Hause verschwand er sogleich in seinem Schlafzimmer und erschien kurz darauf als Landstreicher verkleidet. Die verschlissenen Kleider veränderten ihn so sehr, daß ich ihn auf der Straße sicherlich nicht erkannt hätte. Er versorgte sich mit belegten Broten und sagte mir Bescheid, daß ich ihn heute nicht mehr zu erwarten brauche. Daraufhin verließ er das Haus. Zur Teezeit beehrte er uns dennoch mit einer Stippvisite, um sich seiner Verkleidung wieder zu entledigen. Seine Augen sprühten förmlich vor Begeisterung, und seine Wangen zeigten rote Flecken. Er schien dem Erfolg also nahe zu sein. Nur das Zuschnappen der Haustür signalisierte mir, daß er schon wieder unterwegs war.

Am nächsten Morgen hatte ich mich auf ein einsames Frühstück eingestellt, aber als ich eintrat, saß er bereits freudig erregt am Kaffeetisch. Das Läuten an der Haustür erinnerte mich auch sofort daran, daß Holden zu dieser Stunde erwartet wurde. Der Bankdirektor schien über Nacht um Jahre gealtert zu sein. Sein Haar war schlohweiß geworden, sein Gesicht so gequält und resigniert, daß ich noch mehr Mitleid mit ihm hatte als am Vortag. Völlig erschöpft fiel er in den Sessel.

„Warum der liebe Gott mich so strafen muß, ist mir ein Rätsel! Jetzt bin ich der einsamste und ärmste Mann auf der Welt. Mary hat mich zu allem Überfluß auch noch im Stich gelassen!"

„Ist sie etwa verreist?" wollte Holmes erfahren.

„Nein, viel schlimmer, sie ist auf und davon! Heute morgen war ihr Bett unberührt, und ihre Schränke sind ausgeräumt. Gestern abend habe ich ihr dummerweise vorgehalten, daß sie schließlich an all dem Unglück schuld sei, weil sie Arthur nicht geheiratet habe. Vielleicht hat dies sie zu ihrem Entschluß gebracht. Der Brief, den sie mir hinterlassen hat, deutet das jedenfalls an. Aber lesen sie selbst."

*Lieber Papa,*

*jetzt weiß ich, daß ich Dir mit meinem Verhalten erhebliches Leid zugefügt habe. Mit dieser Schuld auf dem Gewissen kann ich Dir niemals mehr in die Augen sehen. Deshalb werde ich gehen! Mach Dir keine Sorgen um mich, mein Lebensunterhalt ist gesichert. – Und versuche nicht, mich zu finden. Damit wäre uns beiden nicht gedient.*

*Trotz alledem:*

*Deine Dich liebende Tochter*

*Mary*

123

„Sie wird doch hoffentlich keinen Selbstmordversuch unternehmen, was meinen Sie, Mr. Holmes?" fragte Holden ängstlich.

„Daran ist nicht zu denken!" bog er den Einwand ab. „Diese Variante ist vermutlich die beste. Mr. Holden, Sie nähern sich dem Ende Ihrer Probleme!"

„Was sagen Sie da? Ist Ihnen das Versteck der Steine etwa bekannt?"

„Würden Sie 1000 Pfund pro Stein ausgeben, um sie wiederzuerhalten?"

„Auch 10000, wenn ich sie nur zurückbekomme!" versicherte Holden.

„Eine so hohe Summe ist nicht notwendig! Am besten, Sie schreiben gleich einen Scheck aus! Rechnen wir noch eine Belohnung für jemanden dazu, würde ich 4000 Pfund veranschlagen." Kaum hatte Holden sein Scheckbuch aus der Westentasche hervorgezogen, öffnete Holmes die Schublade seines Schreibtisches und entnahm ihr den Dreizack mit den Smaragden. Holden riß ihn ihm förmlich aus der Hand, und mit überschwenglicher Freude küßte er jeden Stein und wandte keinen Blick mehr von ihnen.

„Nennen Sie mir jede Summe als Honorar, ich werde sie sofort zahlen!" forderte er Holmes auf.

„Mir müssen Sie nichts geben, aber bei jemand anderem haben Sie noch eine Schuld offen. Bei Ihrem Jungen nämlich. Bei ihm sollten Sie für Ihre falschen Verdächtigungen Abbitte leisten. Er hat sich in der ganzen Angelegenheit so anständig verhalten, daß er Ihre Reue verdient hat!"

„Er war also nicht der Täter?" fragte Holden erstaunt.

„Das habe ich gestern schon gesagt, und meine Meinung

dazu hat sich nicht geändert. Er weiß, daß die Zusammenhänge geklärt sind. Eigentlich wollte ich ihn bitten, mir seine Version des Verlaufs zu schildern, aber anständig, wie er im Grunde seines Herzens ist, habe ich kein Wort aus ihm herausbekommen. Deshalb erzählte ich ihm alles, was ich wußte, und so blieb ihm nichts anderes übrig, als meine Interpretation zu bestätigen!"

„Jetzt müssen Sie mir aber mal ohne Umschweife erzählen, wer nun der wahre Täter ist. Ich platze sonst noch vor Neugier und Spannung!" bat ihn Holden nun eindringlich.

„Ein bißchen Zeit müssen Sie mir schon zugestehen! Aber ich will nur jetzt vorweg gleich das loswerden, was mich am meisten bedrückt zu sagen. Es gibt nämlich nicht nur einen Täter, sondern hier war ein Paar am Werk: Ihre Nichte Mary zusammen mit Sir Burnwell. Beide sind auch miteinander durchgebrannt!"

„Unfaßbar! Mary, dieses liebe Mädchen!"

„An den Tatsachen gibt es nichts mehr zu rütteln. Leider haben Sie und Ihr Sohn den Charakter dieses Mannes völlig verkannt. Er ist ein Gauner, wie er im Buche steht, ein passionierter Spieler, der im Leben immer alles auf eine Karte setzt – ohne Rücksicht auf Verluste! Durch Arthur lernte Burnwell Ihre Mary kennen und verführte sie mit Komplimenten und Versprechungen. Er traf sie in der letzten Zeit regelmäßig am Abend und zog sie von Mal zu Mal mehr in seinen Bann."

„So ein Schuft! Etwas Schamloseres und Niederträchtigeres, als einen naiven, gutgläubigen Menschen für verbrecherische Zwecke auszunutzen, kann ich mir überhaupt nicht vorstellen!" empörte sich der Bankier.

„An jenem Abend hatte Mary gerade ihr Stelldichein mit dem vermeintlichen Verehrer, als sie am Fenster von Ihnen gestört wurde. Deshalb reagierte sie auch etwas irritiert und lenkte Ihre Aufmerksamkeit auf Lucy Parr. Sie hatte Burnwell von dem Schmuckstück berichtet und von ihm Anweisungen erhalten, wie sie sich gemeinsam die Steine aneignen könnten. Ihre Abhängigkeit von ihm brachte sie dazu, sich ihm willenlos unterzuordnen. Arthur legte sich nach der von ihnen zurückgewiesenen Geldforderung bald ins Bett, schlief allerdings nicht sehr tief, da er sich Sorgen um seine Schulden machte. Gegen Mitternacht hörte er draußen ein Geräusch und schlich zur Tür, um zu prüfen, woher es kam. Er entdeckte Mary, die gerade in Ihrem Schlafzimmer verschwand. Ohne Licht anzumachen, wartete er auf ihre Rückkehr. Als Mary wieder auf den Flur trat, erkannte er im schwachen Schein der Nachtbeleuchtung, daß sie das Diadem mit den Steinen in der Hand hielt. Sie huschte mit dem Schmuck die Treppe hinunter, ohne ihn jedoch zu bemerken. Vorsichtig folgte er ihr. Durch das Treppengeländer sah er, wie sie das Fenster öffnete und das Diadem jemandem hinausreichte. Sobald die Frau, die er immer noch liebte und schützen wollte, in ihr Zimmer geeilt war, stürzte er ohne zu zögern an das Fenster, öffnete es und nahm, nur mit einem Pyjama bekleidet und ohne Schuhe, die Verfolgung des Komplizen auf. Die Spuren vor dem Haus belegen dies eindeutig. Er konnte Sir Burnwell einholen, und es kam zu einem Handgemenge, in dem jeder der beiden Männer das Diadem an sich zerren wollte. Mit einem gezielten Faustschlag konnte Arthur schließlich seinen Freund niederstrecken und dessen Beute an sich bringen. Unverzüglich kehrte er ins Haus zurück, verriegelte das Fenster und brachte das Diebesgut wieder zurück in Ihr Ankleidezimmer. Erst dort bemerkte er, daß Sie das Diadem verbogen hatten, und bemühte sich nach Kräften, den Originalzustand wiederherzustellen. In diesem Augenblick wachten Sie auf."

„Das kann doch alles nicht wahr sein!" stöhnte Holden.

„Mit Ihren Anschuldigungen haben Sie in dem Jungen ein gehöriges Maß an Widerstand hervorgerufen. Gerade aber in dem Moment, in dem er sich so vorbildlich gezeigt hatte, wurde alles gegen ihn ausgelegt. Aber wie hätte er sich auch rechtfertigen sollen, ohne die Frau, die ihm alles bedeutete, zu belasten?"

„Ach so, Mary fiel also deshalb in Ohnmacht, weil sie wußte, daß das Diadem eigentlich gar nicht dasein konnte – jetzt begreife ich erst! Wie konnte ich nur so verbohrt und blind gewesen sein, um meinen eigenen Sohn so falsch zu beurteilen. Er wollte demnach nur Ausschau nach einem fehlenden Stück des Diadems halten, als er mich bat, noch mal schnell vor das Haus zu dürfen."

„Die beste Hilfe bei der Aufklärung boten die Spuren bei Ihrem Haus", fuhr Holmes in seiner Berichterstattung unbeirrt fort.

„Beim Kücheneingang hatte sich eine Frau mit einem Mann getroffen, der ein Holzbein hat. Die Abdrücke im Schnee waren klar und deutlich! In ihrer Unterhaltung sind sie offenbar unterbrochen worden, denn die weibliche Person hat die männliche Person mit großer Hast verlassen. Es handelte sich um Lucy Parr und ihren Verehrer, der ihr tatsächlich an jenem Abend einen Besuch gemacht hatte. Im

Garten selbst war ein fürchterliches Durcheinander von Spuren, das nur die Polizisten verursacht haben konnten. Auf dem Weg zu den Stallungen jedoch hatten Eis und Schnee viele Anhaltspunkte gewissermaßen einfrieren lassen. Hervorstechend waren hier vor allem zwei Doppelspuren: die eine, hinterlassen von einem gestiefelten Mann, Burnwell, wie wir jetzt wissen; die andere führte vom Haus weg und wieder zurück – eine Barfußspur. Demnach konnte sie nur von Ihrem Sohn herstammen. Seine Fußabdrücke boten nur die eine Erklärung, daß er in heller Aufregung hinter jemandem hergelaufen sein mußte. Die Stiefelspuren dagegen führten zu dem besagten Fenster und wieder zurück – Richtung Auffahrtsallee. Etwa 100 Meter vom Fenster entfernt vermischten sich die Fußspuren, und ich fand Blutspritzer, was nur auf eine blutige Schlägerei schließen ließ!

Getarnt als Landstreicher, versuchte ich daraufhin die Bekanntschaft von Burnwells Butler zu machen. Auf diesem Wege fand ich die Bestätigung zum einen dafür, daß er in der besagten Zeit außer Haus war, und zum anderen erhielt ich ein wichtiges Beweisstück. Für ein paar Pfund erwarb ich von ihm ein Paar Stiefel, die Burnwell gerade erst weggeworfen hatte. Die Abdrücke der Absätze passen genau zu den Spuren am Tatort. Nachdem der Täter nun feststand, galt es, einen öffentlichen Skandal zu vermeiden. Deshalb sollte auch eine Verfolgung durch die Polizei unterbunden werden. Zu Hause nahm ich wieder die Rolle des Gentleman an und besuchte Burnwell, um ihm auf dem Verhandlungsweg die Steine abzunehmen. Er leugnete natürlich alles ab und ging sogar so weit, mich mit seinem

Schlagring zu bedrohen. Darauf war ich aber schon vorbereitet, denn mit meiner Smith & Wesson hielt ich ihn in Schach. Mein Angebot lautete: 1000 Pfund für jeden Stein. Zum ersten Male wirkte er ehrlich, als er voller Bedauern erzählte, daß er die drei Steine zusammen bereits für 600 Pfund verkauft habe. Die Anschrift des Hehlers hatte ich schnell. Durch meine Zusage, daß auf eine Verfolgung verzichtet werde, war er schließlich davon überzeugt, mit den angebotenen 3000 Pfund ein gutes Geschäft gemacht zu haben. Befriedigt über den erzielten Erfolg, schlief ich ab zwei Uhr heute nacht den Schlaf des Gerechten." Damit schloß Holmes seine Berichterstattung und ließ sich, des Erfolges bewußt, in seinem großen Lehnsessel nieder.

„England wird nie wissen, wieviel es Ihnen dadurch verdankt, daß Sie jede öffentliche Aufmerksamkeit vermieden haben, Mr. Holmes. Auch ich werde Ihnen ewig dankbar sein! Sie haben Ihrem Ruf als bester Detektiv aller Zeiten mal wieder alle Ehre gemacht.

Aber obwohl Mary eine Menge Schuld auf sich geladen

hat, habe ich Mitleid mit ihr. Sie wissen nicht zufällig, wo sie sich aufhält?"

„Sie wird sich sicherlich bei Burnwell aufhalten. Das Zusammenleben mit ihm wird auf jeden Fall schlimmer sein als jeder andere öffentliche Strafakt. Egal, wie schwer ihre Schuld auch gewesen sein mag, ihr Leben wird ihr nun mehr als nur die nötige Sühne abverlangen."

# Der zweite Fleck

So gut wie nie kam es während unserer langjährigen Freundschaft vor, daß Holmes und ich ausführlich über das Thema Politik debattierten. Das lag nun keineswegs daran, daß mein Freund dahingehend kein Interesse gehabt hätte – weit gefehlt! In den Zeitungen, die er sich oft zu Dutzenden kaufte, hatten die Meldungen aus dem kriminellen Milieu und die Reportagen aus den verschiedenen Gerichtssälen für ihn zwar unbedingt Vorrang, jedoch dann kam auch gleich die politische Berichterstattung und deren Kommentierung. Aber selten fesselten diese Nachrichten seine Aufmerksamkeit länger, und noch seltener teilte er mir seine Ansichten zu aktuellen Geschehnissen mit. Es verhielt sich damit genau, wie mit den Enthüllungen seiner Fälle: Seine Gedankengänge gab er äußerst ungern preis. Dabei kannte er einige der berühmtesten Politiker persönlich, denn so manch einen hatte er mit seinem Spürsinn schon aus einer Notlage befreit. Von einem seiner wichtigsten politischen Fälle überhaupt ist nachfolgend die Rede.

An einem Dienstag im Oktober bekamen wir Gäste von internationalem Ruf, die uns erst kurz zuvor durch ein Telegramm angekündigt worden waren: Lord Bellinger, der damalige Premierminister, und Trelawney Hope, sein ihm direkt zugeordneter Staatssekretär, fuhren in der Baker Street vor. Holmes hätte jeden anderen Termin abgesagt, wenn man ihm vom Amtssitz des Premiers auch nur angedeutet hätte, daß man seine Hilfe brauchte. Wie absurd mußte es ihm daher vorkommen, daß der Premier sich höchstpersönlich in seine Wohnung begab! Aber schon gleich nach der Begrüßung wurde Holmes von Lord Bellinger darauf hingewiesen, daß man vor allem aus Gründen der Diskretion in die Baker Street gekommen sei:

„Alle Ein- und Ausgänge der Downing Street Nr. 10 werden ständig von Journalisten oder deren Zuträgern belagert!" erklärte der Premier. „Unauffällig zu mir zu kommen wäre für Sie daher ein Ding der Unmöglichkeit gewesen. Mit den verrücktesten, staatspolitisch verheerenden Spekulationen mußten wir rechnen und haben uns daher zu einem Besuch bei Ihnen entschlossen. Der Grund dafür liegt einmal im Schwierigkeitsgrad des Falles an sich und zum zweiten in der Notwendigkeit, mit äußerster Diskretion vorzugehen!"

„Das kann ich offensichtlich als Kompliment verstehen?" entgegnete mein Freund mit einem feinen Lächeln. „Und damit machen Sie uns auch neugierig – mich und meinen Freund, Dr. Watson! Den Anlaß Ihres Besuches kenne ich nun aber immer noch nicht, aber sicher informieren Sie uns auch über die näheren Einzelheiten."

„Es bleibt mir wohl gar nichts anderes übrig, Mr. Holmes, obwohl – aus Gründen der Geheimhaltung – noch nicht einmal die Polizei darüber informiert ist! Ein

Schriftstück ist verschwunden – ein Dokument von äußerster Brisanz! Wenn es nicht bald wieder auftaucht, droht uns eine diplomatische Katastrophe ungeheuersten Ausmaßes! Auch innenpolitisch wären die Folgen verheerend: Die gesamte Regierung müßte zurücktreten!"

„Was ist denn der Inhalt dieses Dokumentes?" warf der Detektiv ein.

„Das Papier dokumentiert zum einen die skandalösen Eigenmächtigkeiten einer Auslandsabteilung des Secret Service! Ohne Weisung von oben haben unsere Leute in einem befreundeten europäischen Land die massive Korrumpierung des dortigen Regierungsoberhauptes aufgedeckt. Mein – ich muß ihn so nennen – Kollege hat sich von verschiedenen Rüstungsfirmen, auch britischen, bestechen lassen! Was die Veröffentlichung dieser Affäre in jenem, aber auch in unserem Land an Auswirkungen zur Folge hätte, habe ich bereits angedeutet, und doch war das kaum mehr als die Spitze des berühmten Eisberges!" Der Lord beugte sich erregt vor. „Stellen Sie sich den Aufruhr in den mit uns verbündeten Ländern vor, wenn deutlich wird, daß wir sie bespitzeln! Es ist überhaupt nicht auszudenken! Mr. Hope, der die Tätigkeit unserer Geheimdienste koordiniert, bekam das Papier auf dem Dienstweg – und außerdienstlich ist es verschwunden!"

„Nun, Mr. Hope, dann sind Sie uns ja wohl noch eine Aufklärung schuldig?" wandte sich Holmes nun an den Staatssekretär.

„Ja, zweifellos!" reagierte der Angesprochene. „Und mir fehlen – offen gestanden – fast die passenden Worte dafür. Heute morgen habe ich den Premier über den Ver-

133

lust der Papiere unterrichtet, und Sie sind der zweite, der davon erfährt! Gestern erst bekam ich das Dokument auf den Schreibtisch, und wenn ich sage, daß ich entsetzt über seinen Inhalt war, dann ist das noch untertrieben! Nun ist es häufig der Fall, daß ich Unterlagen mit nach Hause nehme und dort nach dem Abendessen noch durcharbeite. Denn für das Funktionieren der Downing Street Number Ten trage ich die uneingeschränkte Verantwortung!

Es versteht sich von selbst, daß ich das besagte Papier gestern in meiner Dokumentenmappe mit nach Whitehall Terrace nahm, wo ich wohne. Vor dem Abendessen um 19.30 Uhr bin ich die Unterlagen noch einmal durchgegangen und habe sie dann in unserem Schlafzimmer deponiert. Meine Frau besuchte danach eine Theatervorstellung, während ich mich bis zu ihrer Rückkehr im Salon aufhielt."

„Das heißt, die Papiere lagen etwa vier Stunden unbewacht im Schlafzimmer?" hakte Holmes nach.

„Ja, wie ich schon sagte... Aber es ist völlig unmöglich, daß sich einer meiner Hausangestellten daran vergriffen hat! Der Butler, das Zimmermädchen und die Köchin haben dort zwar alle Zutritt, sind jedoch über jeden Verdacht erhaben! Für die drei lege ich beide Hände ins Feuer!"

„Haben Sie irgendwelche Andeutungen dahingehend gemacht, was für ein wichtiges Dokument sich unter Ihren Papieren befand? Hätte es nicht einer Ihrer Angestellten, sagen wir mal, ahnen können?"

„Wo denken Sie hin?! Nicht einmal meine Frau habe ich darüber informiert! Erst heute morgen, als alles zu spät war, erfuhr sie davon!"

134

„Aber die delikate Angelegenheit ist doch sicher im Kabinett zur Sprache gekommen?"

„Es war meine Pflicht", mischte sich nun wieder Lord Bellinger ein, „mein Kabinett umfassend zu informieren. Aber Sie wollen doch damit wohl nicht andeuten...?"

„Nein, mitnichten, Sir!" beeilte sich Holmes zu bemerken. „Aber deren unmittelbare Mitarbeiter...? Als Detektiv kann und darf ich jedenfalls keine Möglichkeit ausschließen! Denkbar wäre schließlich auch, daß im Geheimdienst Doppelagenten tätig sind...! Auf jeden Fall ist das Schreiben längst über alle Berge und vermutlich schon in den falschen Händen! Wenn's keiner Ihrer Angestellten war, Mr. Hope, dann war es jemand, der sich ganz konsequent ans Werk gemacht und sich auch die richtige Zeit ausgesucht hat, um dann höchstwahrscheinlich auf Nimmerwiedersehen in Richtung Kontinent zu verschwinden! Ich fürchte, da ist nichts mehr zu machen, man muß mit dem Schlimmsten rechnen!"

„Daß Sie ein guter Detektiv sind, konnte keinem verborgen bleiben, Mr. Holmes", meldete sich Lord Bellinger wieder zu Wort. „Es scheint, als hätten Sie recht! Wer sich solche Fehler leistet, muß die Konsequenzen ziehen..."

„Nun ja", Holmes bemühte sich wieder um Aufmunterung, „die Lage ist ernst, aber längst noch nicht hoffnungslos! Nehmen wir mal an, daß der derzeitige Besitzer der Papiere noch um den Preis pokert... Ich könnte mir schon denken, wer an so etwas interessiert ist! Lassen Sie mich versuchen, ob ich etwas über den Verbleib des Dokuments herausbekommen kann, obwohl ich für Wunder gleichwohl nicht garantiere!"

„In Ihre Fähigkeiten haben wir jedenfalls vollstes Vertrauen!" sagte Lord Bellinger, der die Hand von Holmes heftig drückte und ihm dabei mit tiefem Ernst in die Augen blickte. „Von Ihnen hängt viel ab, nicht nur das Schicksal meiner Regierung. Benachrichtigen Sie mich bitte sofort, wenn Sie mehr wissen!"

Mit diesen Worten verabschiedete sich der Premierminister, während sein Staatssekretär ihm mit hängendem Kopf folgte.

„Eine fast aussichtslose Lage", kommentierte Holmes danach mit müder Stimme die uns unterbreiteten Fakten. „Immerhin: Einer von den drei Schlüsselfiguren in dieser ‚Branche' könnte mich weiterbringen: Oberstein, La Rothiere oder Eduardo Lucas. Ich muß sie nacheinander aufsuchen!"

„Dann schau mal in die *Times*", forderte ich ihn auf und hielt ihm die aufgeschlagene Zeitung unter die Nase. „Einen von deinen drei Kandidaten hat's nämlich erwischt: Eduardo Lucas!"

Als Reaktion auf diese Eröffnung plumpste die Pfeife zu Boden, die Holmes sich gerade anzünden wollte! Völlig entgeistert starrte er mich an, dann riß er mir das Blatt aus der Hand. Der Artikel, der diese völlig ungewöhnliche Reaktion hervorrief, hatte folgenden Wortlaut:

MORD IN WESTMINSTER:

*Ein rätselhafter Mord beschäftigt seit gestern die Londoner Polizei: Mr. Eduardo Lucas, eine der bekanntesten Persönlichkeiten der Hauptstadt, wurde tot in seiner Wohnung aufgefunden!*

*Lucas, schon seit zehn Jahren in England beheimatet, war seit langem einer der vielumschwärmten Mittelpunkte der Londoner Gesellschaft, auf deren Abendempfängen er oft und gern gesehen wurde. Eher geheimnisumwittert waren dagegen seine geschäftlichen Aktivitäten. Darüber gibt auch der Polizeibericht keine Auskunft, der sich ansonsten durch detaillierte Angaben auszeichnet. Gegen 23.45 Uhr bemerkte der auf Streife befindliche Polizeiwachtmeister Barret in der Godolphin Street Nr. 16 eine offene Haustür am Anwesen Mr. Lucas'. Um den Vorfall zu klären, betrat er das Haus, traf aber, obwohl alles hell erleuchtet war, keinen Bewohner an. Das Arbeitszimmer von Mr. Lucas befand sich jedoch in einem chaotischen Zustand, es sah aus, als hätte eine Bombe eingeschlagen. Direkt neben einem umgefallenen Stuhl fand die Polizei die Leiche von Mr. Lucas!*

*Er war mit einem indischen Dolch erstochen worden, den der Täter zuvor, wie die Ermittlungen ergaben, von der Wand gerissen hatte, wo eine Sammlung alter Waffen aus der Kolonialzeit hängt.*

*Die nachfolgenden Ermittlungen der Polizei ergaben, daß Mrs. Pingle, die Haushälterin, sich gegen 22 Uhr zurückgezogen hatte.*

*Der Butler besaß ein lupenreines Alibi: Er hatte an diesem dienstfreien Abend einen Freund in Hammersmith besucht. Somit kommt als Mörder nur jemand in Frage, der nach 22 Uhr klingelte und von Mr. Lucas selbst eingelassen wurde.*

*Wie die Times aus zuverlässigen Quellen erfuhr, herrscht unter den zahlreichen Freunden des Ermordeten blankes Entsetzen über diese Tat! Hinweise auf den Täter waren von der Polizei nicht in Erfahrung zu bringen. Beim Yard tappt man offensichtlich noch völlig im dunkeln!*

„Da an einen Zufall zu glauben, lieber Watson, fällt schwer!" sinnierte Holmes, nachdem er eine minutenlange und anschließend gedankenschwere Pause eingelegt hatte. „Allzuviel Phantasie gehört jedenfalls nicht dazu, anzunehmen, daß dieser Mord mit unserem Fall in Zusammenhang steht! Wenn wir die Schnittstelle zwischen beiden Vorgängen ausfindig machen können, dürfte das identisch sein mit dem Schlüssel zum Ganzen! – Einer meiner drei Kandidaten wurde erdolcht, und ausgerechnet der wohnt schon fast in Mr. Hopes Nachbarschaft. Die beiden anderen dagegen wohnen nämlich weit im Westen der Stadt. Und da die Polizei keine Ahnung davon hat, daß hier zwei Fälle in Zusammenhang stehen, haben wir die besseren Karten!"

In diesem Augenblick wurden wir in unseren Überlegungen durch energisches Türklopfen gestört: Mrs. Hudson stand in der Tür, und hinter ihr eine bildhübsche Dame, die sich durch ihre Visitenkarte als Trelawney Hopes Ehefrau vorstellte! Hilda Hope war eine schöne Frau. Ihr Gesicht mit den grünen, schläggeschnittenen Augen wurde von langen rotblonden Locken umrahmt, und ein modisches Kostüm brachte ihre blendende Figur erst recht zur Geltung. Auf den zweiten Blick freilich war unverkennbar, daß sie schwere Sorgen hatte.

„Mr. Holmes?! Ja, Sie müssen es sein!" stellte sie recht energisch fest und ging auf meinen Freund zu. „Verzeihen

Sie meinen überfallartigen Besuch, aber ich vermute, daß mein Mann vor mir hier war?"

„Ganz recht, Madam!" war die kurze Antwort, während er ihr einen Sessel anbot.

„Dachte ich mir's doch! Als der Gentleman, für den ich Sie halte, werden Sie ihm die Tatsache meines Besuches doch sicher nicht verraten?" Nervös umklammerte sie ihre Handtasche.

„Das kommt ganz darauf an, welchem Zweck er dient, gnädige Frau." Auch mit Charme war Holmes hier nicht aus seiner Reserve zu locken.

„Der Zweck?! Ich muß wissen, was es mit dem Diebstahl des Dokuments auf sich hat! Mein Mann, den die Angelegenheit offenbar furchtbar mitnimmt, informierte mich heute morgen lediglich darüber, daß das Papier verschwunden ist. Aber auf meine dringenden Nachfragen, um was es da ginge, gab er keine Antwort."

„Verzeihen Sie, Madam, aber für seine Verhaltensweise habe ich vollstes Verständnis. Ihr Gatte hat eine staatspolitische Vertrauensstellung inne, die höchste Diskretion erfordert."

„Das ist mir natürlich bekannt", antwortete die Lady mit einem ungeduldigen Unterton. „Doch verstehen Sie, ich muß wissen, worum es hier geht! Dabei will ich doch nur sein Bestes. Klären Sie mich bitte wenigstens darüber auf, ob der Verlust der Papiere mit beruflichen Nachteilen für ihn verbunden ist."

„So könnte man es in der Tat ausdrücken – vorausgesetzt, die Dokumente geraten in die falschen Hände", bestätigte Holmes.

„Und sind dann auch schwerwiegende außenpolitische Probleme zu erwarten? Mein Mann, obwohl er vor lauter Verzweiflung kaum etwas herausbrachte, deutete es an..."

„Darüber besteht kein Zweifel! Aber mehr kann ich, so leid es mir tut, nicht dazu beitragen."

„Nun gut, dann habe ich nicht viel erreicht, obwohl es mir einzig und allein darum ging, meinen Mann auch in schlechten Zeiten zu unterstützen. Jedenfalls bitte ich Sie nochmals, Mr. Holmes, nicht zu verraten, daß ich hier war." Mrs. Hope stand auf und verabschiedete sich.

„Ich nehme an, mein Lieber", kommentierte mein Freund, nachdem er sie hinausbegleitet hatte, „daß dir an dieser bemerkenswerten Frau vorwiegend die faszinierenden Äußerlichkeiten aufgefallen sind. Ich gebe zu, daß man sich davon blenden lassen kann − bis einem der zukkende Mund, ihr ängstlicher Blick und die zwei Hände, deren Nervosität sie kaum mehr unter Kontrolle brachte, auffallen. Nicht das, was sie sagte, war wichtig, sondern das, was sie signalisierte! Hinter diesem Besuch steckt mehr als bloße Anteilnahme für ihren Mann." Holmes war unverkennbar in Hochform. Wie immer köderte er mich lediglich mit Andeutungen − aber mich an seinen Gedankengängen teilhaben zu lassen, fiel ihm nicht im Traume ein! Bald darauf war er verschwunden, ohne mir zu sagen, wohin und zu welchem Zweck.

In den folgenden zwei Tagen erfuhr ich über unseren Fall mehr aus den Zeitungen als von meinem Freund, der sich immer nur beim Frühstück kurz blicken ließ, währenddessen er in einem solchen Umfang schlechte Laune verbreitete, daß ich schon kaum mehr aufblickte, wenn er kam. Offenbar tat sich nichts, und er trat auf der Stelle, was ihm fürchterlich zusetzte. Irgendwie war das auch verständlich, denn als Versager dazustehen, konnte sich der erfolgsgewohnte Detektiv einfach nicht vorstellen! Im Gegensatz dazu verbreitete die Pressestelle Scotland Yards Erfolgsmeldungen am laufenden Band: Lucas' Butler sei verhaftet — und nach aufschlußreichen Verhören wieder entlassen worden, meldete die *Sun* auf der Titelseite. Daß der Yard die Auflistung aller persönlichen Andenken des Ermordeten abgeschlossen habe, konnte man im *Chronicle* lesen. Auch sei nichts entwendet worden, was den eindeutigen Schluß erlaube, daß kein Raubmord stattgefunden habe. Der *Sponsor* meldete: Aus gewöhnlich gutunterrichteten Quellen habe man erfahren, daß Lucas fast mit allen wichtigen europäischen Politikern korrespondiert habe, was tief blicken lasse und beweise, daß der Gesellschaftslöwe auch auf anderen Gebieten brillieren könne.

Durch offenbar solidere Recherchen zeichnete sich zunächst nur die *Times* aus. In einer Meldung zur Verhaftung des Butlers berichtete das Renommierblatt unter anderem, daß zwischen den beiden Männern ein herzliches Einvernehmen geherrscht habe. So habe Lucas etwa, wenn er monatelang auf dem Kontinent unterwegs war, dem Butler die volle Verantwortung für sein Haus übertragen. Diese Behauptung der Ermittlungsbeamten sei auch durch mehrere Postkarten aus Paris bestätigt worden! Mit einer echten Sensation wartete dagegen am dritten Tag der *Daily Telegraph* auf. Unter der Überschrift „*Laissez faire oder mehr?*" offenbarte das Blatt, daß Lucas offenbar ein Doppelleben geführt hatte und auch in Paris zu Hause war. Unter dem Namen Mme. Henri Fournaye war nämlich seine von ihm getrennt lebende Frau der Pariser Polizei ins Netz gegangen. Und wie so oft, hatte dabei der Zufall die Hauptrolle gespielt. Ihr Diener hatte zunächst nur die Notrufzentrale alarmiert und um ärztliche Hilfe gebeten, weil seine Herrin seit Tagen ein merkwürdiges Benehmen zeigte. Sie war hochgradig erregt, zerschmetterte wie wahnsinnig Porzellan und Mobiliar und zeigte in allem Anzeichen von extremer Eifersucht.

Sie wurde in eine psychiatrische Klinik eingewiesen. Anhand von Fahrkarten, die man bei ihr fand, hatte die Polizei auch festgestellt, daß sie kurz zuvor in London gewesen war. Aus Zeugenvernehmungen zog die dortige Polizei wiederum den Schluß, daß Mme. Fournaye im Haus in der Godolphin Street gewesen war.

Holmes, der sich den Journalisten, ohne dies allzu deutlich zu machen, allemal überlegen fühlte, reagierte mit einem Achselzucken, als ich ihm die einschlägigen Presseberichte präsentierte:

„Na und?" brummte er. „Was beweist das schon, mein Bester? Nichts! Genauer gesagt: Es ist nicht der Punkt, der unsere Aufmerksamkeit verdient! Unsere Hauptaufgabe liegt auf anderem Gebiet. Wir müssen, sofern es dazu noch nicht zu spät ist, einen schweren außenpolitischen Schaden von unserem Land abwenden! Immerhin ist die Bombe bisher noch nirgends hochgegangen! Aber wo ist das Dokument? Hat es seine Frau beziehungsweise Witwe mit nach Paris genommen? Dann wären uns völlig die Hände gebunden. Wie ist der zeitliche Zusammenhang zwischen dem Verschwinden der Papiere und dem Mord zu erklären? Fragen über Fragen — und keine konnte bisher auch nur annähernd beantwortet werden!"

Durch eine Nachricht von Inspektor Lestrade, unserem alten Bekannten, wurde er in seinen sorgenvollen Überlegungen unterbrochen.

„Der Yard braucht mal wieder Nachhilfeunterricht durch einen Detektiv!" kicherte er nach der Lektüre des kurzen Schreibens. „Komm, mein Freund, auf zur Godolphin Street. Am Tatort gibt's einiges zu tun."

Lestrade empfing uns an der Tür und führte uns sogleich in Lucas' Arbeitszimmer. Von den Verwüstungen, von denen die Zeitungen berichtet hatten, war nichts mehr zu sehen. Das geschmackvoll und teuer eingerichtete Zimmer präsentierte sich uns makellos. Lediglich ein rot-bräunlicher Fleck auf dem Teppich, der in der Mitte des Raumes das Parkett bedeckte, erinnerte noch an die Bluttat.

„Ich nehme an, daß Sie über den Zufallstreffer der Franzosen informiert sind?" wollte Lestrade wissen.

„Wenn es die Journalisten schon wissen...", winkte Holmes ab.

„Nichts für ungut! Also — wie's passiert ist, scheint mir völlig klar. Madame Fournaye klingelte, und Lucas, ihr Mann, ließ sie herein. Hier im Zimmer wird sie ihm dann heftige Vorwürfe gemacht haben, und Handgreiflichkeiten gab's wohl auch. Die Frau bekam den Dolch in die Finger — und aus war's mit ihm. Erschreckt von ihrer eigenen Tat, ist sie dann offenbar in Panik geflohen. So muß es gewesen sein. Nur ein wohl nebensächlicher Aspekt hat uns zunächst noch etwas Kopfzerbrechen bereitet: Der Blutfleck da auf dem Orientteppich. Man sollte meinen, daß das Blut bis auf das Parkett durchgesickert ist. Kann ja gar nicht anders sein bei der Menge Blut, die Lucas verloren hat. Nichts dergleichen. Das Parkett darunter ist spiegelblank. Des Rätsels Lösung finden Sie, wenn Sie da drüben das andere Ende des Teppichs hochheben: Ein roter Fleck auf dem Parkett. Ganz einfach, die Mörderin hat den Teppich herumgedreht. Warum nur − das ist die Frage. Eine komische Verhaltensweise, nach einem Mord noch im Zimmer herumzuräumen...

Vielleicht fällt Ihnen dazu die passende Erklärung ein!"

Holmes' Miene, die zunächst noch lebhaftes Interesse für die ausufernden Erklärungen des Inspektors gezeigt hatte, war schlagartig erstarrt. Auch war die Farbe plötzlich aus seinem Gesicht gewichen. Was mochte es bloß sein, was ihn da so heftig mitnahm.

„Der Wachposten!" platzte es auf einmal aus ihm heraus. „Lestrade, nehmen Sie ihn in die Mangel − und zwar sofort! Der Mann hat seinen Posten verlassen oder − noch schlimmer − jemanden freiwillig hier ins Zimmer gelassen! Verlangen Sie auf der Stelle ein Geständnis von ihm. Sonst kann er was erleben. Machen Sie es aber unter vier Augen. Das wird es ihm leichter machen! Wir warten solange hier im Zimmer."

Zwar war Lestrade nicht gewohnt, von Holmes Anweisungen entgegenzunehmen, doch fügte er sich in diesem Fall − wenn auch mit einem reichlich verblüfften Blick − widerspruchslos. Um so lautstarker ging es dafür ein paar Zimmer weiter zu.

„Auf geht's, mein Freund!" flüsterte mir Holmes auf

einmal so eindringlich zu, daß ich ganz unwillkürlich reagierte.

Dabei hatte er sich gebückt und den Teppich zur Seite gezogen. Auf Knien und in großer Eile untersuchte er jedes einzelne Parketthölzchen. Und kurz darauf hatte er auch entdeckt, was er wohl gesucht hatte: Eines der hölzernen Rechtecke war nicht vernutet, sondern nur locker verlegt worden und ließ sich mit kräftigem Einsatz seiner Fingernägel herausheben. Doch dem kleinen Triumph, der an seinem Gesicht abzulesen war, folgte sogleich eine Enttäuschung. Denn der darunter befindliche Hohlraum war leer! In Windeseile legte Holmes das Holzstück wieder an seinen angestammten Platz, und gemeinsam zogen wir den Teppich in die Mitte des Raumes.

Nur wenige Augenblicke später kam Lestrade zurück. Aber da war alles schon wieder an seinem Platz.

„Nun berichten Sie noch mal, McPherson!" befahl er dem Polizisten, der ihm mit gesenktem Kopf gefolgt war. „Mr. Holmes war es nämlich, der Ihnen auf die Schliche gekommen ist!"

„Ja, also, es stimmt: Ich habe einen Fehler gemacht!" gab der Polizist, der mich an einen begossenen Pudel erinnerte, zerknirscht zu. „Den ganzen Tag hier Wache stehen zu müssen ist manchmal wirklich furchtbar langweilig. Als mich die junge Dame, eine richtige Lady, dann vor der Tür ansprach, war ich natürlich froh über die Abwechslung! Das sei ja alles so aufregend, sagte sie. Ob sie denn nicht einmal einen Blick in das Zimmer werfen dürfe, in dem das alles passiert sei, fragte sie mich dann. ‚Spricht eigentlich nichts dagegen', dachte ich mir, ‚ich bin ja dabei!'

So sind wir dann gemeinsam in Mr. Lucas' Arbeitszimmer gegangen. Ganz begeistert von der geschmackvollen Einrichtung war sie. Doch als sie den Blutfleck auf dem Teppich bemerkte, ist sie schlicht und einfach umgekippt. Wie eine Tote lag sie da! Na ja, zunächst habe ich es mit Wasser probiert, um sie wieder munter zu machen... aber es ist nichts passiert. Ich habe es mit der Angst zu tun gekriegt und bin, wie vom Teufel gejagt, zum nächsten Pub gerannt, drei Häuser weiter, um Brandy zu holen. Als ich, ganz außer Atem, schließlich wieder hier war, war die Lady aber schon wieder weg! Sie scheint sich schnell erholt zu haben. Außer, daß der Teppich, wo sie gelegen hatte, etwas verrutscht war, war auch alles in Ordnung – und nichts fehlte! Den Teppich habe ich selbst wieder richtig hingelegt."

„Können Sie die Dame nicht noch etwas näher beschreiben?" hakte Holmes interessiert nach.

„Ja, schon, aber viel fällt mir da nicht mehr ein! Hübsch war sie, aber das habe ich ja schon gesagt! Und rote Haare hatte sie – aber die waren fast völlig von ihrem Hut bedeckt. Einen langen Mantel trug sie, mehr war nicht von ihr zu sehen!"

„Und wann war das?"

„Auf die Uhr habe ich nicht gesehen! Aber es dämmerte schon, die Straßenlaternen gingen gerade an."

„Sehr schön – mehr wollte ich gar nicht wissen. – Komm, lieber Watson, wir haben noch einen wichtigen Termin.

Wir werden noch bei Trewlaney Hope vorbeisehen. Nur müssen wir vorher noch ein ernstes Wörtchen mit seiner hübschen Gattin wechseln."

In Whitehall Terrace angekommen, wurden wir vom Butler in den Salon geführt, wo Lady Hope in ausgesprochen ungastlicher Manier auf unser Erscheinen reagierte: „Ich hatte Sie eindringlich um äußerste Diskretion gebeten, Mr. Holmes!" wandte sie sich statt einer Begrüßung empört an Holmes. „Keiner hat je von meinem Besuch bei Ihnen erfahren. Sie aber erscheinen hier in einem Stil, der wirklich jedermann aufmerksam machen muß! Die Presse — was für ein entsetzlicher Gedanke! Und wenn es mein Mann erfährt. Allein schon der Verdacht, daß ich mich in seine Angelegenheiten einmische, hätte eine katastrophale Vertrauenskrise zur Folge."

„Ganz im Gegenteil, Verehrteste!" fiel ihr Holmes ins Wort. „Ich bin gekommen, um eine Katastrophe zu verhindern! Geben Sie mir die Papiere, deren Verlust Ihren Gatten schon fast ruiniert hätte, und ich verspreche Ihnen eine Lösung, mit der alle Seiten gut leben können!"

„Sie meinen...?!" Lady Hope, in Ohnmachtsanfällen schon geübt, wurde kreidebleich und schwankte.

Schluchzend sank sie schließlich in den Sessel zurück, aus dem sie sich gerade erst erhoben hatte.

Holmes, dessen fehlendes Mitgefühl für übertriebene Reaktionen sich gelegentlich bis zur Gefühlskälte steigern konnte, reagierte kühl und abwehrend. „Leugnen ist zwecklos, Mylady! Ich habe Beweise dafür, daß Sie das Dokument an Mr. Lucas ausgehändigt haben. Ich kann belegen, daß Sie seiner Wohnung gestern abend erneut einen Besuch abstatteten und dabei ein bemerkenswertes schauspielerisches Talent offenbarten. Ich könnte — nicht nur anhand Ihrer Fingerabdrücke — jeden Zweifel dahingehend beseitigen, daß Sie sich das Dokument wiedergeholt haben. Das Versteck unter dem Teppich ausfindig zu machen war nun wirklich kein Problem für mich.

Und nur, wenn Sie sich verständig zeigen, werde ich diese ganze Angelegenheit im stillen und privaten Kreis im Sande verlaufen lassen. Andernfalls müßte ich Ihre Rolle dabei meinem Auftraggeber verraten, aber dazu wollen wir es doch nicht kommen lassen − oder? An das versteckte Dokument käme ich notfalls alleine, nebenbei gesagt, auch gegen Ihren Willen! Sie haben keine andere Wahl, aber noch immer diese Chance."

Mit tränenfeuchten Augen hatte ihn Lady Hope während dieser Rede angestarrt, und wie der Schnee in der Frühlingssonne schwand auch ihr Widerstand:

„Es gibt also − doch − noch eine Lösung, eine Rettung vielleicht?" Holmes nickte.

Lady Hope, der man noch immer ansah, wie sehr sie die Enthüllungen meines Freundes getroffen hatten, erhob sich daraufhin schwerfällig und ging ebenso langsam wie unsicher zu ihrem Schreibtisch, wo sie eine kleine Ewigkeit brauchte, um das dortige Geheimfach zu öffnen, aus dem sie dann einen Stapel Papier herauszog.

„Da haben Sie's! Ich bin letztlich doch froh, daß ich es los bin! Das hier hat mir nur Unglück gebracht! Aber was tun, wenn man nur vor die Wahl gestellt wird zwischen Skylla und Charybdis...?"

„Hatte Sie Lucas irgendwie in der Hand, hat er versucht, Sie zu erpressen?"

„Das war's ja! Er hat mich erpreßt − und dazu hatte er alle Voraussetzungen. Vor meiner Ehe war ich eine Zeit-

lang mit ihm befreundet. Wundert es Sie, daß auch ich —
und ich war damals noch viel jünger — auf den Mann, dem
bis vor kurzem noch alle Frauenherzen zuflogen, hereinge-
fallen bin? Eine Affäre war es nicht, noch nicht, da hatte
ich meine Prinzipien! Aber einige Briefe, die ein Außenste-
hender so interpretieren könnte, habe ich ihm in jener Zeit
geschrieben. Mädchenträume, Spinnereien letztlich, sonst
nichts! Gerade noch rechtzeitig ist mir ein Licht aufgegan-
gen, und ich habe seine billigen Maschen durchschaut. Ein
Jahr später habe ich dann meinen jetzigen Mann kennen-
und liebengelernt. Ich war ihm immer treu! Und, auch
wenn Sie mir das vielleicht nicht zutrauen: Ich möchte, wie
ich bei der Hochzeit geschworen habe, nur durch den Tod
geschieden werden!

Indes, für Jugendsünden zahlt man manchmal erst viele
Jahre später — und zwar einen Wucherpreis! Lucas hatte
durch einen in der Downing Street Nr. 10 eingeschleusten
Agenten von dem bewußten Papier erfahren. Als kluger
Kopf, der er ist, hat er völlig richtig gemutmaßt, daß mein
Mann — also der zuständige Staatssekretär — die Unterlagen mit nach Hause nehmen würde. Denn nur dort konnte
er unauffällig die Brisanz dieser Secret-Service-Aktivitäten
beurteilen! Mit der Erpressung, meine alten Briefe meinem
Mann zuzuspielen, notfalls auch der Skandalpresse in der
Fleet Street, hat Lucas mich dann dazu gebracht, daß ich
das Papier aus der Dokumentenmappe entwendet und ihm
übergeben habe. Meinem Mann drohe dabei keinerlei Gefahr, hat er mir, vorsichtig, wie er ist, vorher weisgemacht!
Und als Gegenleistung bekam ich meine alten Briefe wieder."

149

„Ehrliche Worte, Madam! Aber das erklärt immer noch nicht die wesentlichsten Einzelheiten: Warum – und von wem – wurde Lucas denn umgebracht? Ein Motiv hatten Sie ja ganz ohne Zweifel!"

„Sie wollen das mir in die Schuhe schieben? Halten Sie mich allen Ernstes für eine Mörderin? Wenn ja, haben Sie sich ausnahmsweise einmal gründlich getäuscht. Allerdings war ich dabei, als alles anfing. Das war an dem Abend, als ich mit Lucas den Tausch der Papiere vereinbart hatte! Auf mein Klingeln hat er mir geöffnet. Die Tür habe ich vorsichtshalber offengelassen, und wir sind dann sofort in sein Arbeitszimmer gegangen. Dort hat er mir die Papiere abgenommen und ohne Verzögerung unter dem Teppich versteckt! Erst dann reichte er mir, mit großzügiger und fast gönnerhafter Geste, meine alten Briefe. Da hörten wir plötzlich Schritte im Gang, und eine Frau mit einem flackernden Blick erschien in der Tür: ‚Hab' ich dich endlich erwischt mit der Mademoiselle!' keifte sie mit ihrem französischen Akzent. Und dabei stürzte sie sich kreischend auf Lucas... Mehr hab' ich nicht mitbekommen von der nun nachfolgenden Szene. Denn ich habe die Wohnung fluchtartig verlassen und erst am nächsten Morgen aus der Zeitung erfahren, was danach noch alles passierte...!"

„Bis jetzt deckt sich das, was Sie mir da erzählen, mit meinen Erkenntnissen!" unterbrach sie Holmes. „Aber warum wollten Sie die Papiere denn wiederhaben?"

„Ach – das! Ich dachte, Sie hätten genügend Gespür für eine Frau, die ihren Mann in größter Gefahr wähnt! Als mir endlich klar wurde, daß ich durch mein Verhalten

die Position meines Mannes sträflich aufs Spiel gesetzt und auch die Regierung in Gefahr gebracht hatte, kannte ich nur noch ein Ziel: Die Wiederbeschaffung der Papiere. Koste es, was es wolle, ich mußte sie wieder in die Hand bekommen. Lange habe ich daher das Haus beobachtet und schließlich, als ich keine andere Möglichkeit mehr sah, dem wachhabenden Polizisten ein bißchen den Kopf verdreht. Den Rest – wenn ich Sie richtig verstanden habe – kennen Sie selbst."

„Schön und gut! Aber das erklärt einen zentralen Punkt immer noch nicht: Warum haben Sie denn die Papiere nicht gleich – gegebenenfalls: unauffällig – weitergereicht...?"

„Sie wollen damit sagen... an meinen Mann! Mir ging es jedenfalls vorrangig darum, daß die Papiere nicht in die falschen Hände kamen – eine vorsichtige und sicher auch verständliche Vorgehensweise! Die richtigen Hände ... Sie meinen, einfach zurücklegen?"

„Genau das! Warum es sich schwierig machen, wenn es auch so einfach geht?"

„Ja, es ist wahr – und so naheliegend. Vielleicht war es zu naheliegend für mich! Da verstrickt man sich in komplizierten Lösungen und muß erst auf das Naheliegende hingewiesen werden... Geben Sie mir die Papiere noch einmal, ein letztes Mal, Mr. Holmes!"

Schmunzelnd reichte ihr Holmes den Papierstapel. Nach zwei, drei Minuten kam eine völlig verwandelte Lady Hope wieder in den Salon! Alle Last war nun von ihr abgefallen, und in heiterer Laune mixte sie uns zwei köstliche Cocktails.

Im völligen Kontrast zu unserer fröhlichen Plauderei stand die Laune von Lord Bellinger und Mr. Hope, die kurz darauf eintrafen.

„Hallo, Schatz!" jubilierte unsere Gastgeberin, als sie ihren Ehemann zu Gesicht bekam. „Schau doch – bitte – noch mal in deine Dokumentenmappe! Vielleicht hast du auch nur was übersehen...!"

Als der Staatssekretär – mit den Papieren und offenbar an seinem eigenen Verstand zweifelnd – zurückkam, schenkte er sich wortlos einen doppelten Scotch ein. Dann, als er seine Unhöflichkeit endlich bemerkt hatte, noch einen – für Lord Bellinger, und damit herrschte ganz allgemein die beste Stimmung.

Holmes und ich blieben bis nach Mitternacht und hörten so manche hochinteressante Einzelheit über das politische Alltagsgeschehen.

# Ein Zimmer in Bloomsbury

Mein Freund katalogisierte gerade die neuesten Verbrecher in seinem Album, als es klingelte. Wenig später kündigte uns Mrs. Hudson, unsere Wirtin, den Besuch einer Mrs. Warren an. Mit einer Portion Stehvermögen, die ich ihr gar nicht zugetraut hätte, wich sie ihm, der sich bei seiner Tätigkeit empfindlich gestört sah, einfach nicht von der Seite, bis er sie schließlich aufforderte, ihm ihr Problem zu schildern.

„Sie sind also verunsichert wegen eines Mieters, der wochenlang sein Zimmer nicht verläßt. Daran ist doch nichts Ungewöhnliches!" versuchte er ein letztes Mal, ihr eine belanglose Erklärung zu geben.

„Normalerweise hätten Sie recht, Sir. Aber bei ihm ist alles viel verworrener. Ich habe in der letzten Zeit nur schlaflose Nächte, weil die Schritte über mir endlos an meinen

Nerven zerren. Sie können sich das nicht vorstellen", seufzte Mrs. Warren, „Sie könnten doch herausfinden, was hinter all dem Unheimlichen steckt."

„Beginnen Sie nochmals von vorne und denken Sie daran, daß jede Kleinigkeit von Bedeutung sein kann", gab sich Holmes geschlagen.

„Vor vierzehn Tagen fragte ein Mann nach dem Zimmer mit Kost und Logis, das ich angeboten hatte. Er erkundigte sich nach dem Preis. Sofort bot er mir das Doppelte im voraus, wenn ich bereit sei, seine Bedingungen zu akzeptieren. Er verlangte einen Haustürschlüssel und wollte im Haus selbst absolut nicht gestört werden. Sein Essen solle ihm auf ein Klingelzeichen vor die Tür gestellt werden. Dort würde er das Tablett auch wieder absetzen, wenn er seine Mahlzeit beendet habe. Sein Zimmer wollte er selbst in Ordnung halten. Finanziell geht es uns nicht besonders gut, und so willigte ich ein!"

„Noch immer fehlt mir hier der Aufhänger für eine Geheimniskrämerei. Ich verstehe nicht, auf was Sie hinauswollen, Mrs. Warren", bemerkte Holmes ungeduldig.

„Lassen Sie mich doch erst einmal alles berichten, bevor Sie sich ein endgültiges Urteil bilden. Seit dem Tage seines Einzuges ist dieser Mann kein einziges Mal ausgegangen. Wenn er etwas braucht, verständigt er uns auf einem Zettel mit Druckbuchstaben, den er auf das Essenstablett legt. Schauen Sie, hier habe ich welche mitgebracht!"

Sie reichte mir die Papiere, und ich las Holmes vor: *Seife, Streichhölzer, Daily Gazette.*

Holmes nahm die Zettel danach selbst in die Hand und prüfte sie eingehend.

155

Er stutzte kurz, und dann war seine Aufmerksamkeit geweckt.

„Watson, da ist ja tatsächlich was dran an der Geschichte! Die Druckschrift wird wohl zur Tarnung verwendet?"

„Da bin ich nicht so sicher. Es mag sein, daß die Person eine unleserliche Handschrift hat und sich deshalb der Druckschrift bedient."

„Aber warum dann diese Kurzmitteilungen? Alle möglichen Kombinationen sind denkbar. Eine Möglichkeit könnte sein, daß er unsere Sprache nicht beherrscht und die Worte einem Lexikon entnimmt. Schau noch mal genau hin, Watson, bei der Seifenbestellung fehlt die linke Ecke. Äußerst interessant!"

„Du meinst, sie ist mit Absicht abgerissen worden?"

„Eindeutig! Da sollte etwas verborgen werden. Mrs. Warren, beschreiben Sie uns bitte Ihren Mieter." Holmes wirkte regelrecht eifrig.

„Ich schätze ihn auf etwa dreißig Jahre. Er sprach zwar fließend englisch, aber nach seinem Akzent schloß ich eher auf einen Ausländer. Sein Äußeres war gepflegt und unauffällig. Er trug einen schwarzen Anzug und hatte einen Vollbart. Mehr kann ich nicht sagen."

„Welchen Namen hat er Ihnen genannt?"

„Keinen, Sir. Bisher hat er weder Besucher empfangen noch Post bekommen. Er lebt total abgeschnitten von der Welt draußen!"

„Hatte er Gepäck bei sich?" bohrte Holmes weiter.

„Nur eine große, graue Reisetasche."

„Ist denn aus seinem Zimmer überhaupt nichts zu Ihnen gelangt?"

„Da ich weiß, wie Detektive arbeiten, habe ich Ihnen das hier mitgebracht." Mrs. Warren war sichtlich stolz auf ihre Geistesgegenwart.

Sie reichte Holmes einen Briefumschlag, der zwei abgebrannte Streichhölzer und einen Zigarettenstummel enthielt.

„Das lag gestern auf seinem Tablett. Ich hoffe, Sie können damit etwas anfangen", kommentierte sie.

Sofort fielen Holmes eine Menge Dinge auf: „Mit den Streichhölzern wurden Zigaretten angezündet. Für Zigarren oder Pfeife sind sie nicht weit genug verkohlt. Der Zigarettenstummel ist ungewöhnlich kurz für einen Raucher mit Vollbart. Er müßte sich damit seine Barthaare versengt haben.

Vergleiche es mal mit dir, Watson. Nicht einmal dein kurzer Schnauzer würde ein so weites Abbrennen zulassen. Nach dem, was uns hier vorliegt, müßte es sich um einen glattrasierten Raucher handeln. Merkwürdig, sehr merkwürdig! Mrs. Warren, glauben Sie, daß sich in dem Zimmer zwei Menschen aufhalten?"

„Ausgeschlossen, Mr. Holmes. Von dem vorbereiteten Essen bleibt meist so viel liegen, daß ich mich überhaupt wundere, wie ein einziger Mensch davon leben kann!"

„Die Fakten sind noch zu wenig, um eine Lösung zu finden. Vorläufig haben Sie, Mrs. Warren, eigentlich nur einen Mieter, mit dem Sie keine Schrereien haben, und der pünktlich seiner Zahlungsverpflichtung nachkommt. Machen Sie sich also keine Sorgen. Ich werde den Fall im Auge behalten, und falls etwas Neues geschieht, geben Sie mir bitte Bescheid."

Als Mrs. Warren gegangen war, blieb Holmes noch eine Weile nachdenklich sitzen. Er zog kräftig an seiner Pfeife, und dann sagte er plötzlich: „Watson, ich habe den Verdacht, daß hinter dieser Geschichte mehr steckt, als wir momentan ahnen. Es könnte ohne Schwierigkeiten eine andere Person eingezogen sein, als der Mrs. Warren bekannte Mann!"

„Aber wozu sollte das gut sein?" warf ich ein.

„Das ist die Antwort, die uns alles leichter machen würde. Danach zu suchen ist jetzt unsere Aufgabe. Einige Hinweise haben wir ja. Es handelt sich um eine Person, die außer der täglichen Zeitung keinerlei Kontakt zu ihrer Umwelt hat. Wenn jemand ihr eine Nachricht zukommen lassen wollte, müßte er eine Annonce aufgeben. Wir werden sofort überprüfen, ob wir irgendwelche dahingehende Hinweise entdecken!"

Sein Archiv bewies uns schnell seinen praktischen Nutzen. Holmes durchstöberte alle Exemplare der *Daily Gazette* der vergangenen zwei Wochen nach Kleinanzeigen, die den mysteriösen Mieter betreffen könnten.

„Ich glaube, hier ist ein Anhaltspunkt, Watson. Paß auf, ich werde es dir vorlesen", sagte er plötzlich.

*Brauche noch etwas Zeit. Suche praktikablen Weg der Verständigung. Vorläufige Annonce hier. G.*

„Dieses Inserat wurde zwei Tage, bevor Mrs. Warrens Mieter einzog, veröffentlicht. Ah, und hier drei Tage später:

*Aktivitäten gelungen. Inachtnehmen weiterhin nötig. Code wie vereinbart. Einmal A, zweimal B. In Kürze mehr. G.*

Das war das Blatt von gestern. Wenn er seinen Rhythmus beibehält, müßte morgen wieder etwas erscheinen. Mit entsprechender Geduld werden wir herausfinden, was da vor sich geht!"

Zum Frühstück las Holmes als erstes die *Gazette* und wandte sich mir mit wissendem Blick zu, als er seine Prognose bestätigt fand.

*Schmales, braunes Haus mit beigen Einfassungen. Dritte Etage, rechtes Fenster. Nach der Dämmerung. G.*

zitierte Holmes das Inserat, das er gerade entdeckt hatte.

„Watson, es ist angebracht, daß wir so bald wie möglich die Nachbarschaft unserer Mandantin erkunden!"

Holmes hatte seinen Satz kaum beendet, da stürzte sie ins Zimmer. Ihre wichtige Miene ließ Neuigkeiten ahnen!

„Ich gehe zur Polizei, das dulde ich nicht länger! Er soll sehen, wo er unterkommt! Zuerst wollte ich ihm auf der Stelle kündigen, dann hielt ich es aber für vernünftiger, mich mit Ihnen abzusprechen. Daß mein armer Mann auch unter der Situation zu leiden beginnt, setzt dem Problem die Krone auf. Ein solches Verhalten ist unzumutbar!"

„Aber was ist denn passiert? Wer war der Übeltäter?"

„Genau das möchte ich wissen! Heute morgen auf dem Weg zur Arbeit — mein Mann ist Vorarbeiter in einer Maschinenfabrik in Tottenham und beginnt um sieben Uhr seine Schicht – wurde er vor dem Haus überfallen. Von hinten schleuderten zwei Männer ein Kleidungsstück über seinen Kopf und zwangen ihn in einen Wagen. Nach einer längeren Fahrt warfen sie ihn in einer ihm wildfremden Gegend kommentarlos auf die Straße. Total durcheinander, konnte mein Mann nicht feststellen, was für ein Wagen das war oder wohin er fuhr. Er rappelte sich nach einer Weile auf und fand eine Droschke, mit der er sich auf den Heimweg machte. Nun liegt er zu Hause auf der Couch und muß sich erholen. Ich habe mich sofort auf den Weg gemacht, um Ihnen zu berichten!"

„Gut, gut! Erzählen Sie weiter. Kann er die Männer beschreiben, oder würde er wenigstens ihre Stimmen wiedererkennen?"

„Nein, er wurde regelrecht übertölpelt. Es ist alles blitzartig vonstatten gegangen. Er glaubt, daß zwei Männer im Wagen saßen, schließt aber eine dritte Person nicht aus."

„Und wie kommen Sie nun auf die Idee, daß Ihr Mieter in diese Sache verwickelt sein könnte?"

„Anders kann ich mir das nicht erklären! Seit zwanzig Jahren wohnen wir jetzt in Bloomsbury, und es ist nie etwas vorgekommen. Ich bin es satt! Was nützt das Geld, wenn man dabei Kopf und Kragen riskiert?"

„Geben Sie uns zwei, drei Tage Zeit. Ihr Mieter ist ernsthaft in Gefahr! Seine Gegner wollten ihn in der Morgendämmerung unschädlich machen, ergriffen aber versehentlich Ihren Mann. Sobald Sie die Verwechslung bemerkten, war er uninteressant für sie, und sie gaben ihm seine Freiheit zurück. Ich möchte mir Ihren Mieter zu gerne ansehen, Mrs. Warren. Fällt Ihnen eine Möglichkeit ein, wie wir das bewerkstelligen könnten?"

„Die einzige Chance besteht dann, wenn er sein Essen ins Zimmer holt. Gegenüber von seiner Tür ist eine Rumpelkammer. Ein Spiegel müßte so aufzustellen sein, daß man ihn beobachten kann. – Ja, das ist machbar."

„Prima, das gefällt mir! Sie zeigen kriminalistischen Verstand. Um wieviel Uhr bringen Sie ihm normalerweise das Mittagessen?"

„Etwa um ein Uhr, Mr. Holmes."

„Dr. Watson und ich werden pünktlich bei Ihnen sein", verabschiedete er sie.

Verabredungsgemäß wanderten wir um zwölf Uhr dreißig auf Mrs. Warrens Haus zu. Es lag nahe der Kreuzung zur Howe Street, und so konnte man von den Fenstern zur Straße die nähere Umgebung ohne Probleme einsehen. Fröhlich schmunzelnd zeigte Holmes auf eine Villa, die uns gegenüberlag.

„Braunes Haus mit beigen Einfassungen", wiederholte ich, „dein berühmter Spürsinn hat mal wieder voll ins Schwarze getroffen!"

„Das obere Stockwerk ist zu vermieten. Hast du den Anschlag gesehen? Das muß die Wohnung sein, zu der sich unser unbekannter G. Zutritt verschafft hat. Wie sein Code funktioniert, ist uns wohl auch bekannt. Wahrscheinlich Signale von Fenster zu Fenster?! Es müßte schon mit dem Teufel zugehen, wenn wir dieses Geheimnis nicht bald lösen könnten! Und nun zu Mrs. Warren! Sie erwartet uns sicherlich."

161

„Ich zeige Ihnen sofort, wo sie hinmüssen. Ziehen Sie nur hier schon Ihre Schuhe aus, damit Sie keiner bemerkt. Mit der Vorbereitung gab es keine Probleme!" begrüßte uns Mrs. Warren.

Die Kammer war ideal für unsere Zwecke. Ohne Licht konnten wir durch den schräg angebrachten Spiegel an der Decke die Flurfront des vermieteten Zimmers komplett einsehen. Mrs. Warren wartete unten auf das gewohnte Läuten. Nach wenigen Minuten brachte sie sodann das Tablett und entfernte sich bewußt laut. Gebannt starrten wir auf den Spiegel. Langsam wurde die Türklinke gedrückt und sichtbar wurden zwei feingliedrige Hände, die das Essen in den Raum trugen. Nach einer Viertelstunde öffnete sich die Tür zum zweiten Mal, und für Sekundenbruchteile erkannte ich das südländische, reizvolle Gesicht einer Frau, die voller Angst und Probleme stecken mußte. Sie starrte auf unsere Tür. Bevor mir die Überraschung richtig bewußt war, war die Tür schon wieder ins Schloß gefallen. Totenstille im Haus! Auf ein Zeichen von Holmes schlichen wir zusammen auf leisen Sohlen wieder nach unten. Für die neugierige Wirtin hatte Holmes keine Zeit. Im Vorbeigehen rief er ihr zu:

„Bis heute abend! Auf Wiedersehen!"

„Ich hatte also recht mit meiner Vermutung, daß der Mann, der das Zimmer gemietet hat, nicht selbst eingezogen ist. Daß es sich um eine Frau handelt, ist aber eine neue Erkenntnis!"

„Sie muß irgend etwas bemerkt haben!"

„Uns hat sie wahrscheinlich nicht gesehen. Ich nehme

eher an, daß sie die Vorbereitungsaktion Mrs. Warrens im Laufe des Vormittags alarmiert hat. Aus der Angst des Paares und ihren Vorsorgemaßnahmen können wir die akute Gefährdung für ihr Leben ablesen. Ihr Mann ist offensichtlich gezwungen, anderen Verpflichtungen nachzukommen, und möchte seine Frau in der Zwischenzeit geschützt wissen. Auf brillante Art und Weise ersinnt er deshalb den Plan, der nicht einmal der Wirtin, die für die Mahlzeiten sorgt, verrät, daß sie eine Frau in der Wohnung beherbergt. Die Druckbuchstaben sollten verhindern, daß jemandem die weiblichen Schriftzüge auffallen. Eine direkte Kontaktaufnahme schließt er von vornherein aus, da er damit seinem Gegner unter Umständen ihre Adresse in die Hand gespielt hätte. Er nutzt daher die Zeitung als neutrale Nachrichtenübermittlung. Alles logisch!"

„Aber warum das alles?" fragte ich irritiert.

„Das einzige, was wir mit an Sicherheit grenzender Wahrscheinlichkeit annehmen können, ist, daß wohl eine glaubwürdige Bedrohung ihrer beiden Leben gegeben ist. Der Ausdruck von Angst im Gesicht der Frau und der Anschlag auf Mr. Warren belegen das. Darüber hinaus beweist es, daß ihre Feinde bisher ebenfalls nicht wissen, daß hier nur die Frau lebt. Jede Menge Fragen sind noch offen! Aber der Sachverhalt reizt mich! Eine wundervolle Aufgabe für meine kleinen grauen Zellen!" schloß Holmes in bester Laune.

Im Zwielicht des hereinbrechenden Abends machten wir einen längeren Spaziergang durch den Schnee zu Mrs. Warrens Haus. Durch ihr Wohnzimmerfenster sahen wir draußen einen flackernden Lichtstrahl schimmern.

„Ganz ruhig!" zischte Holmes und drückte seine Nase auf dem Fensterglas fast platt.

„Ich erkenne drüben am Fenster einen Schatten. Jetzt fängt er an, Lichtsignale zu senden. Watson, schreibe bitte. Du weißt, *A* heißt einen Strahl, *B* entspricht zwei, *C* ist gleich drei und so weiter! Also erst war *A* dran, jetzt, hast du auch zwanzig gezählt? Das muß *T* heißen und noch mal *T* und nun *E...N...T...A*. Die Nachricht ist beendet. *ATTENTA,* verstehst du das? Teilen wir es in drei Worte, *AT-TEN-TA,* ergibt es auch keinen Sinn. Nun wiederholt er seine Botschaft, immer dasselbe Wort!"

„Vielleicht hat es eine verschlüsselte Bedeutung?!"

Mit einemmal schlug mir Holmes auf die Schulter und sagte leise:

„Ich hab's! Es ist italienisch und heißt *‚Paß auf!',* was hältst du davon?"

„Ich glaube, du hast recht! Das muß es sein! Aber schau doch, jetzt beginnt er von neuem! *PERICOLO* – was das nun wohl wieder bedeutet?!"

„Es signalisiert Gefahr, wenn mich meine Sprachkenntnisse nicht ganz im Stich lassen", meinte Holmes.

Bei der dritten Wiederholung des Wortes wurde nach der ersten Silbe abgebrochen! Kein Lichtschimmer war mehr zu sehen...

„Schnell rüber, wir müssen rausfinden, was da los ist! Wenn mich nicht alles täuscht, ist dort etwas Schreckliches im Gange!"

Mit eiligen Schritten hasteten wir auf die Villa zu. Ein kurzer Blick zurück auf das Fenster der geheimnisvollen Dame zeigte mir, daß auch sie gebannt in die gleiche Rich-

165

tung schaute. Schon aus einiger Entfernung erkannten wir den Schatten eines Mannes, der am Geländer der Eingangsstufen stand.

„Das ist ja Inspektor Gregson von Scotland Yard, Watson!" entdeckte Holmes trotz der Dunkelheit mit seinen Falkenaugen. „Guten Abend, Gregson, was tun Sie denn hier? Watson und ich können wohl nach Hause gehen, wenn Sie mit diesem Fall betraut sind!"

„Ich denke zwar, daß hier nichts schiefgehen kann, weil die Wohnung nur einen Ausgang hat, aber es wäre mir schon recht, Sie bis zum Abschluß der Verhaftung dabeizuhaben", erwiderte der Inspektor.

„Wen wollen Sie denn verhaften?"

„Sie wissen wirklich nicht, wen Sie da verfolgen, Mr. Holmes. Das ist ja mal was Neues beim Yard, daß er Ihnen voraus ist!"

Er klatschte in die Hände und veranlaßte damit den Fahrer des Wagens auf der anderen Straßenseite, zu uns zu kommen.

„Das ist Mr. Leverton von der Pinkerton American Agency. Er kann Ihnen am besten über die kriminelle Karriere unseres Verbrechers berichten!"

Die Erfolge dieses Amerikaners waren in Fachkreisen bekannt und geschätzt. Holmes schüttelte ihm freudig die Hand und machte ihm einige Komplimente. Der junge, klug aussehende Mann fühlte sich geschmeichelt und begann sofort mit seinem Report:

„Seit einigen Jahren bin ich auf der Spur von Gorgiano vom *Roten Kreis*. Alleine in den Staaten hat er fünfzig Leben auf dem Gewissen, aber es ist uns bis heute nicht gelungen, seiner habhaft zu werden. Über New York verfolgte ich letzte Woche seine Spur nach London und habe ihn seither nicht mehr aus den Augen gelassen. Er muß in diesem Haus sein, und ich möchte ihn endlich schnappen!"

„Mr. Leverton, ich kann Ihnen von Signalen aus dem obersten Fenster berichten. Sie wurden ganz plötzlich abgebrochen", brachte ihn Holmes auf den letzten Stand der Dinge.

„Dann wird er jetzt von seinen Komplizen gewarnt worden sein. Wir müssen schnellstens handeln!" trieb der junge Mann zur Eile.

„Wir haben zwar keinen Haftbefehl, aber in diesem Falle kann ich wohl die Verantwortung dafür übernehmen, daß unbürokratisch gehandelt werden muß", überlegte der Inspektor laut und ließ sich auch den Vortritt nicht nehmen.

Die Wohnungstür im obersten Stock stand offen und bot somit kein Hindernis. Wir schalteten das Licht an ... Womit keiner gerechnet hatte, war geschehen – ein Mord. Ein riesengroßer Mann lag leblos vor uns. Sein Gesicht war noch gezeichnet vom Todeskampf. Über die Todesursache bestanden keine Zweifel. Die Waffe war ein großes Stilett mit weißem Griff. In der Nähe seiner Hand fanden wir einen zweischneidigen Dolch und feinste Lederhandschuhe.

„Das ist ja Gorgiano selbst! Da hat uns ein Dritter ins Handwerk gepfuscht!" schnaubte Leverton. „Aber Mr. Holmes, was treiben Sie denn mit der Tischlampe?"

Holmes hatte begonnen, die Lampe systematisch hin und her zu bewegen. Plötzlich machte er sie aus und wandte sich an uns:

167

„Ich glaube, das bringt uns ein Stück weiter", war seine einzige Erklärung.

Nachdenklich starrte er auf den Toten.

„Mr. Leverton, Sie haben doch die Haustür die ganze Zeit beobachtet. Hat ein etwa dreißig Jahre alter Mann, ein Ausländer mit Vollbart, das Haus verlassen, kurz bevor wir ankamen?"

„Sie haben recht, aber in einer Millionenstadt wie London werden wir ihn kaum wiederfinden!"

„Ganz meine Meinung! Ohne weitere Hinweise ist das unmöglich. Ich habe deshalb eine Dame aus der Nachbarschaft um Unterstützung gebeten!"

Entgeistert blickten wir zunächst auf Holmes, wandten uns dann aber, seinem Blick folgend, zur Tür um. Dort stand Mrs. Warrens Mieterin. Ich hätte es mir eigentlich denken können. Zaudernd und voller Angst, näherte sie sich dem Mann am Boden und betrachtete sein Gesicht.

„Er ist tot, so eine Freude!" sagte sie nach einer Weile aus tiefstem Herzen.

Ihr Gesicht verklärte sich, alle Pein schien von ihr abgefallen. Mit einem Schwall hoffnungsvoll klingender Worte in italienischer Sprache löste sich ihre seelische Anspannung. Eine solch merkwürdige Szene, daß ich sie in meinem Leben nicht vergessen werde. Abrupt hörte sie schließlich auf. „Sie sind wohl von Scotland Yard? Haben Sie Guiseppe Gorgiano erledigt?"

Gregson übernahm die Antwort: „Wir sind zwar von der Polizei, getötet haben wir ihn aber nicht!"

„Wo ist mein Mann, Gennaro Lucca? Er war es, der mich vor wenigen Minuten gerufen hat!"

„Nein, da irren Sie sich, Madam. Ich habe Ihnen das Signal gesandt. Ihr Code war leicht zu entschlüsseln", erwiderte Holmes.

„Dann hat Gennaro ihn getötet!" kam es zögernd über ihre Lippen. „Er muß es getan haben. Er wollte mich schützen und hat dafür alles riskiert! Einen solchen Mann habe ich gar nicht verdient!"

Gregson unterbrach ihren Redeschwall. „Mrs. Lucca, Sie haben uns jetzt schon so viel erzählt, daß wir die Vernehmung eigentlich gerne in Scotland Yard fortsetzen würden."

Holmes machte sie darauf aufmerksam, daß sie sich genau überlegen solle, was sie der Polizei mitteilte, da letztlich alles gegen ihren Mann verwendet werden könne. Aber sie hatte keinerlei Angst, daß man ihn verurteilen würde, wenn erst alles bekannt sei, und sie bat uns alle mit zu sich in die Wohnung.

„Ich muß etwas weiter ausholen", begann sie. „Gegen den Willen meines Vaters, ich stamme aus der Nähe von Neapel, verliebte ich mich in meinen Mann und heiratete ihn heimlich. Mit dem Verkauf von geerbtem Schmuck zahlten wir die beiden Passagen nach New York. Dort lebten wir bescheiden, aber zufrieden. Mein Mann hatte eine gute Stelle, die unseren Lebensunterhalt sicherte, und er stand bestens mit seinem Chef, einem Mann ohne Familie, der ihn wie einen Sohn behandelte. Eines Tages brachte mein Mann Gorgiano, der aus dem gleichen Ort stammte wie wir beide, mit nach Hause. Alles an ihm war übertrieben, nicht nur seine Größe. Er redete nicht, er brüllte immer. Gemeinsam mit ihm zu gehen war unmöglich, denn

169

er rannte nur, und er machte jedem Menschen in seiner Nähe angst. Im Laufe der Zeit fiel mir auf, daß auch mein Mann in seiner Gegenwart immer unglücklich war und seine Beklommenheit stetig wuchs. Eines Abends flehte ich ihn an, mir zu erzählen, warum er sich von diesem Riesen so beeinflussen ließ.

Er gestand mir, daß er sich in seiner Jugend in einen neapolitanischen Geheimbund – der *Rote Kreis* – eingeschworen habe, der jeden verpflichtete, sein ganzes Leben in den Dienst der Bruderschaft zu stellen. Gorgiano hatte ihn damals dort eingeführt. Mit unserer Emigration nach Amerika glaubte er, diesem Bund entkommen zu sein, bis er im letzten Sommer per Zufall Gorgiano in New York auf der Straße traf. Dabei zeigte Guiseppe meinem Mann eine Art Einberufung zum Bruderschaftstreffen, auf der die Anwesenheit jedes Mitglieds befohlen wurde. Mein Mann sah sich gezwungen, dieser Aufforderung nachzukommen, und lebte seither in der ständigen Angst, daß ihm die Bruderschaft irgendwelche kriminellen Aufgaben zuteilen würde. Die Beziehung zu Guiseppe wurde immer spannungsgeladener!

Im Laufe der Zeit fand Gorgiano immer mehr Gefallen an mir, und es kam oft sogar zu handgreiflichen Belästigungen. Eines Tages mußte ich mich gegen ihn wehren, bis Gennaro nach Hause kam und die beiden Männer sich gegenseitig bekämpften. Mein Mann wurde von dem Riesen bewußtlos geschlagen, aber das genügte ihm nicht. Er betrachtete uns fortan als Todfeinde. Eine Woche später fand wieder ein Treffen des *Roten Kreises* statt. Beim Nachhausekommen sah ich bereits am Gesicht von Gennaro, daß nun die Entscheidung bevorstand. Aber es war grauenhafter, als ich mir hätte vorstellen können. Das Geld der Vereinigung stammte aus Erpressungen reicher Italiener. Zahlten sie nicht, wurden sie ohne Skrupel getötet. Dieses Mal sollte der Chef meines Mannes an der Reihe sein und im Weigerungsfalle mit seinem Haus in die Luft gesprengt werden. Die Aufgabe wurde per Los zugewiesen. Guiseppe hatte den ganzen Abend meinen Mann nicht aus den Augen gelassen. So war ihm schon von Anfang an klar, daß es dieses Mal ihn treffen sollte. Für entsprechende Manipulation war offensichtlich schon gesorgt. Die Alternative, vor die mein Mann nun gestellt war, können nicht einmal Sie sich vorstellen. Er mußte entweder seinen Chef töten oder mich, denn es war Teil ihres gemeinen Plans, daß bei Weigerung die Angehörigen als erste dran glauben mußten. Die ganze Nacht überlegten wir gemeinsam und suchten einen Ausweg. Schließlich fiel uns nichts Besseres ein, als seinen Chef zu verständigen und mit dem nächsten Schiff nach London zu fliehen. Der Rest, meine Herren, ist Ihnen bekannt. Wir lebten auch hier in ständiger Angst, daß er uns aufstöbern könnte. Hier hätte er Gelegenheit gehabt, einen Beweis seiner Macht zu liefern. Vor einigen Tagen sah ich hier vor dem Fenster zwei Italiener. Da war mir klar, daß er Bescheid wußte. Gott sei Dank hat auch mein Mann rechtzeitig gemerkt, daß er uns gefunden hat, und sich rechtzeitig auf die Begegnung mit ihm vorbereitet. Und jetzt, meine Herren, können Sie beurteilen, ob vor diesem Hintergrund ein Richter meinen Mann als Mörder verurteilen wird."

„In Amerika würde Ihr Gatte sicherlich mehr als nur

Verständnis finden, wie es aber hier in England ausschaut, kann ich nicht einschätzen", nahm Mr. Leverton den Faden auf.

„Ich muß mich natürlich erst mit meinem Vorgesetzten besprechen, aber wenn alle Aussagen von Mrs. Lucca sich bestätigen lassen, kann ich mir nicht vorstellen, daß England ein Interesse an der Strafverfolgung hat", äußerte Gregson. „Was mir aber nach wie vor ein Rätsel ist, Mr. Holmes, ist die Frage, wie Sie in die Geschichte hineingeraten sind?"

„Auch Sie, mein lieber Gregson, müssen noch viel lernen, und ich will Ihnen mit einer präzisen Antwort den Anreiz dazu nicht vermiesen. Gute Nacht allerseits!" lächelte Holmes.

## Die goldene Brille

Wenn im November die wilden Herbststürme durch London tobten und ihre feuchte Fracht gegen Fassaden und Fenster peitschten, tat es besonders abends schon recht gut, nicht mehr vor die Tür zu müssen, sondern einfach vor dem Kamin zu sitzen und Tee zu trinken. Oft saßen Holmes und ich am Abend noch so gemütlich beisammen. Wir beschäftigten uns dann mit einem unserer Hobbys, mein Freund war dabei zumeist von würzigen Tabakschwaden eingehüllt, und zwischendurch plauderten wir immer mal wieder freundlich miteinander oder führten tiefschürfende Gespräche.

Ein solcher Abend nun war es, an dem wir mal wieder mit einem dramatischen Fall konfrontiert wurden. Mit Schaudern denke ich noch heute an den wolkenbruchartigen Regen, der ans Fenster prasselte und mir nur einen verschwommenen Blick auf die Baker Street ermöglichte. Menschenleer war sie, noch nicht einmal einen Hund hätte man auf die Straße gejagt, und doch fuhr plötzlich eine Droschke vor! Ihr entstieg, sich fest in seinen Mantel hüllend, ein Mann. Kurz darauf klingelte es, und nach einem kleinen Wortwechsel mit Mrs. Hudson stand unser unvorhergesehener Gast dann, naß wie ein begossener Pudel, in der Tür. Holmes hatte ihn, einen alten Bekannten vom Yard, natürlich sogleich erkannt und begrüßte ihn entsprechend herzlich:

„Stanley Hopkins! Schön, Sie zu sehen! Hereinspaziert, und machen Sie sich's gemütlich! Daß, bei dem Wetter, Ihr Erscheinen nicht auf einem Zufall beruht, darf man ja wohl annehmen?! Tee gefällig, eine Zigarre vielleicht?"

Einerseits war Hopkins wohl ziemlich verwirrt wegen der bei Holmes auch nicht immer üblichen Gastfreundschaft, und noch etwas schien ihn sichtlich zu bedrücken. Doch nach und nach taute der noch jugendlich wirkende Detektiv langsam auf:

„Tut mir leid, Mr. Holmes, Sie zu dieser Zeit noch belästigen zu müssen, aber − in der Tat − es geht um einen Fall, bei dem ich Ihre Hilfe dringender denn je benötige: Die Yoxley-Affäre. Erst heute nachmittag habe ich davon Kenntnis erhalten und bin auch gleich nach Chatham in Kent gefahren, dem Ort des Geschehens. Ich bin gerade erst in Charing Cross angekommen und sofort auf dem direktesten Weg zu Ihnen gefahren. Was mich bei dem Fall nicht weiterbringt und ihre Hilfe erforderlich macht, ist, daß keinerlei Motiv zu erkennen ist! Kein Motiv jedenfalls für einen Mord! Denn darum handelt es sich!"

„... und hat man das Motiv, hat man meistens auch den Täter!" unterbrach ihn Holmes nachdenklich.

„Ja, genau! Besser hätte ich es auch nicht formulieren können!" kam Hopkins' schnelle und ein wenig selbstgefällige Antwort. Doch nun fühlte er sich verstanden und sagte eifrig: „Also, am besten fange ich am Anfang an."

„Ich bitte darum!" meinte Holmes, der zwischen Amüsement und Staunen über diese Behandlung schwankte.

„Also, passiert ist alles in einem Anwesen namens ‚Yoxley Old Place', das einem alten Professor, Coram heißt er, gehört. An Geld mangelte es ihm offensichtlich nicht, was man deutlich am Aufwand für sein Personal sehen kann: Da ist zunächst eine Haushälterin, Mrs. Marker, die in ihrer Tätigkeit von Susan Tarlton, einem netten jungen Mädchen, unterstützt wird. Beide waren von Anfang an im Haus.

Später kam dann Willoughby Smith hinzu. Tagsüber war er eine Art von wissenschaftlicher Schreibkraft, die unter Anleitung des Professors arbeitete. Abends hat er sich dann allein und ganz interessiert in die Bücher vergraben und sein Wissen vertieft. Niemand hatte an ihm etwas Besonderes bemerkt oder etwas an ihm auszusetzen gehabt. Und nun ist er tot.

Sein Lebenslauf wurde überprüft..., aber es gibt keine Besonderheiten außer dem Ende: Aufgewachsen in Uppingham, Studium in Cambridge, erdolcht – heute früh – in Yoxley, im Arbeitszimmer seines Chefs. Zu erwähnen schließlich ist vom Personal noch Mortimer, der den Garten betreut und manchmal seinen Chef im Rollstuhl herumfährt.

Auch Mortimer macht einen tadellosen Eindruck. Er ist allerdings der einzige von allen, der nicht im Haus wohnt, sondern in einem eigenen Gebäude weiter hinten im Garten."

„Soweit ist die Szenerie klar!" unterbrach Holmes ihn nun. „Aber was ist eigentlich geschehen? Läßt sich der Mordfall irgendwie rekonstruieren? Gibt es Zeugenaussagen?"

„Ja, eine..., eine, die den Mord sozusagen aus der Entfernung beschreibt, allerdings nur akustisch: Zwischen elf und zwölf, beim Befestigen von Vorhängen im ersten Stock, hörte Susan Tarlton die Schritte des jungen Mannes im Erdgeschoß. Der Professor, muß ich hinzufügen, kam meistens erst mittags, und Smith stellte seinen Tagesablauf auf ihn ein. Susan Tarlton hörte, wie er, von seinem Zimmer im hinteren Teil des Hauses kommend, über einen kurzen Korridor in das Büro ging. Eine Minute später war ein schrecklicher Schrei zu hören! Dann, als fiele ein Tisch um, dröhnte kurz das ganze Haus, gefolgt von absoluter Stille. Miß Tarlton lief in höchster Angst hinunter und fand ihn im Sterben liegend. Er war aber noch bei Bewußtsein und machte eine merkwürdige, letzte Bemerkung: ‚Die Frau – Professor!' sagte er. Direkt danach verstarb er – wie sich herausstellte, an einer Stichwunde im Hals.

Interessant ist vielleicht die Reaktion des Hausherrn: Die Haushälterin war sofort in sein Zimmer gestürzt, und dort fand sie ihn im Bett sitzend vor. Er behauptete, von einem Schrei aufgeschreckt worden zu sein. Dazu, wie der Mordfall zu erklären sei, konnte er nichts beitragen! Bei seinem wissenschaftlichen Assistenten, der keinerlei Feinde gehabt habe, sah er jedenfalls nichts, was auf ein Motiv hindeutet. Zutiefst verschreckt, beauftragte er den Gärtner, die Polizei zu verständigen, die wiederum mich in Kenntnis setzte."

„So weit, so gut!" warf mein Freund ein. „Aber, bitte, können Sie mir etwas über den Ort des Geschehens berichten?"

„Natürlich, Mr. Holmes!" beeilte sich der Detektiv zu erklären. „Nur, soweit war ich noch nicht! Außerdem ist das Haus ausgesprochen kompliziert gebaut. Stellen Sie sich bitte ein fast quadratisches Haus vor: Vis-à-vis vom Haupteingang liegt das Schlafzimmer des Professors. Links davon liegen das Arbeitszimmer und der Aufenthaltsraum des Sekretärs. Sonst gibt es noch viele andere Zimmer und Flure und Korridore. Dann ist da noch ein wichtiger Punkt, der Hinterausgang. Und zweifellos ist der Mörder da hereingekommen – direkt ins Arbeitszimmer.

Obwohl ich zugeben muß, daß die Spurenfahndung bisher wenig ergab, einmal wegen des Regens und zum zweiten, weil der Mörder vermutlich auf der Grasnarbe am Wegrand entlanggeschlichen ist."

„Wieso eigentlich: Der Mörder? Die Spuren waren, denke ich, gar nicht so eindeutig?!"

„Ja, in der Tat! Als Geschlechtsbestimmung war meine Bemerkung auch nicht zu verstehen! Aber zurück zum Arbeitszimmer, dem Ort, an dem der Sekretär aufgefunden wurde. Einfach zu beschreiben, denn außer einem Schreibtisch und einem Büroschrank mit mehreren Schubladen daneben ist da in Sachen Einrichtung nichts zu sehen. Doch, vielleicht dies: Die Schubladen waren herausgezogen, die Schranktür dagegen verschlossen! Wahrscheinlich ist das nicht so wichtig, denn es fehlte nichts, wie mir der Professor erklärte. Links vom Büroschrank lag der Tote. Was uns die Suche nach dem Mörder leichter machen sollte: In der verkrampften Hand hielt er eine goldgeränderte Brille, ein verdammt eindeutiges Indiz! Hier!"

Hopkins zog einen eingewickelten Gegenstand aus seiner Tasche, der sich schnell als Brille entpuppte, und übergab ihn seinem Gesprächspartner.

„Ein Betrachtungsobjekt im doppelten Sinne!" kommentierte Holmes zunächst lakonisch, um sich dem Beweismittel sogleich mit der üblichen Akribie zu widmen. „Wollen Sie ein Porträt der Besitzerin?" wandte er sich dann wieder schmunzelnd an Hopkins. „Also: Eine Dame aus besseren Kreisen und entsprechend gekleidet. Was an ihrer Physiognomie auffällt, ist, daß sie einerseits eine breite Nase hat, ihre — stark kurzsichtigen — Augen aber gleichwohl dicht beieinander liegen. Zu erwähnen wäre auch die gewölbte Stirn, vermutlich hat sie eine abfallende Schulterpartie, und außerdem hat sie zweimal binnen kurzer Zeit ihren Optiker besucht!"

„Sie wollen mich wohl auf den Arm nehmen!" protestierte sein Gesprächspartner. „Unmöglich lassen sich all diese Folgerungen an der Brille ablesen!"

„Doch, doch!" lächelte mein Freund. „Und fast nichts leichter als das! Welchen Geschlechts der Besitzer der Brille ist, ergibt sich schon aus den letzten Worten des Sekretärs. Bestätigt wird es durch die Form: Eindeutig eine Frauenbrille! Daß die Dame aus besseren Kreisen kommt, ist auch klar. Nur da kann man sich eine solche goldene Fassung leisten! Was natürlich auch Folgerungen in Hinblick auf ihre Kleidung erlaubt! Noch das geringste Problem ist die Nasenbreite − Routineanpassung durch den Optiker, bezüglich der Sehschärfe reicht schon ein geschulter Blick. Déjà vu! Da es mir nicht gelingt, genau durch die Mitte der Gläser zu sehen, müssen die Augen der besagten Dame nun mal noch enger beieinander liegen! Schließlich, und das sei nur angedeutet: Wer so dicke Gläser braucht beziehungsweise − auf gut englisch − stark sehbehindert ist, wird im Laufe der Jahre auch mit körperlichen Folgen konfrontiert. Und, bevor ich das mit den Besuchen beim Optiker vergesse: Viele Brillenträger benötigen, um Druckstellen zu vermeiden, eine Art Polster, da, wo das Gestell aufliegt. In diesem Fall sind es zwei ganz schmale Korkstreifen unterschiedlichen Alters, einer davon ist noch ganz neu! Indes: Es ist exakt das gleiche Material, vermutlich also vom gleichen Optiker!"

Hopkins holte Luft: „Was Sie anhand des kleinen Dings da für fantastische Folgerungen ableiten! Da komme ich mir fast vor wie ein Blinder!"

„Na, nun stellen Sie mal Ihr Licht nicht unter den Scheffel!"

Wie immer bei zu dick aufgetragenen Schmeicheleien bremste mein Freund dann von selbst.

„Welche Fahndungsmaßnahmen hat der Yard denn schon eingeleitet?"

„Wenig, Mr. Holmes!" gab Hopkins zerknirscht zu. „Alle Verdächtigen, das heißt vor allem Ortsfremde, werden wir zuerst mal unter die Lupe nehmen. Es sieht aber nicht so aus, als brächte das viel! Unser Hauptproblem, wie schon gesagt, ist: Ein Motiv fehlt! Hätten wir eins, ließe sich der in Frage kommende Personenkreis ja auch gezielter einkreisen! Und da wir auf der Stelle treten, benötigen wir die Hilfe eines gewissen Mr. Holmes.

Deshalb ist mein Vorschlag eine gemeinsame Reise nach Chatham.

Wie wäre es gleich mit morgen früh? Um sechs fährt ein Zug von Charing Cross!"

Holmes schmunzelte über so viel jugendlichen Überschwang, stimmte aber zu:

„Gut, Hopkins, abgemacht. Es ist zwar reiner Zufall, aber mein Terminplan macht mit! Daß wir uns vorher noch ein paar Stunden hinlegen, versteht sich von selbst. Unser Gästezimmer steht Ihnen zur Verfügung."

Am nächsten Morgen standen wir sehr früh auf – zu früh, um etwas zu essen – und machten uns mit dem Zug und einer Droschke auf den Weg. Unterwegs holten wir dann auch in einem Landgasthaus das Frühstück nach und kamen am frühen Vormittag in Yoxley Old Place an, wo wir schon am Gartentor von einem Polizisten namens Wilson empfangen wurden.

„Irgendwelche Neuigkeiten, Kollege?" wollte Hopkins sogleich wissen, kaum daß die Droschke stand.

„Nein. Alles ruhig, zu ruhig, Sir!" entgegnete der Angesprochene kurz und knapp. „Verdächtige auf Bahnhöfen wurden weder festgestellt noch festgenommen, und nichts Neues auch im hiesigen Anwesen."

Hopkins war enttäuscht: „Nichts! Absolut nichts. Die Abdrücke auf der Grasnarbe sind einfach zu schwach, um daraus irgendwelche konkreten Schlußfolgerungen zu ziehen! Weder läßt sich die Schuhgröße genauer bestimmen noch die Richtung – ob zum Haus hin oder weg oder beides!"

„Aber am Ende des Weges", schaltete sich Holmes jetzt ein, „bei der Gartentür, da müßten doch Spuren zu finden sein."

„Nein. Es wurde alles überprüft! Dort liegen Steinplatten, und auf der Straße ist nichts als Matsch!"

„Eine Gartentür ohne Schloß, wie ich sehe!" konstatierte Holmes kühl. „Also konnte da jeder, die Mörderin eingeschlossen, ungehindert hineinspazieren!"

Nach diesen seinen Worten begaben wir uns ins Haus, direkt zum Tatort, dem Arbeitszimmer.

„Eins ist auch schon klar!" fuhr mein Freund dort fort. „Als sie über den Korridor ins Arbeitszimmer kam, plante sie noch keinen Mord! Wäre es anders, hätte sie ihr Mordinstrument ja bereits mitgenommen. Statt dessen hat sie, wie wir längst wissen, dazu, irgendwie aus der Situation heraus, einen Brieföffner vom Schreibtisch als Tatwaffe mißbraucht! Und es ist mehr als ein Schönheitsfehler, daß sie vorher, auf dem Korridor nämlich, keinerlei Spuren hinterlassen hat!"

Gewiß war es auch ein Schönheitsfehler in seiner Argumentation, wenn auch ein typischer, daß er seine Karten nicht offenlegte. Was meinte er bloß mit seinen mysteriösen Mußmaßungen? Warum bloß weihte er uns mal wieder nicht in seine Gedankengänge ein?

Mit dieser Frage quälte ich mich − sozusagen in aller Freundschaft − herum, als von Hopkins noch der Hinweis kam, daß sich die Mörderin dann nicht lange in dem Zimmer aufgehalten haben konnte, denn Mrs. Marker, ihres Zeichens Wirtschafterin, habe dort erst kurz zuvor aufgeräumt.

„Danke für den Hinweis, Hopkins", kommentierte Holmes nur kurz, um Sekundenbruchteile später lakonisch hinzuzufügen: „... auch wenn er nichts bringt! Was wollte sie im Arbeitszimmer? Das allein ist die entscheidende Frage! Offensichtlich suchte sie etwas, nur nicht in diesen Schreibtischschubladen hier, sonst wären sie nicht offen. Bleibt also als einzige Alternative das Holzschränkchen, womit wir endgültig beim Thema sind. Der Kratzer da, der beim Schlüsselloch beginnt und sich ein paar Zentimeter über das Holz hinzieht, ist noch fast so frisch wie mein Erkenntnisstand. Wäre es anders, hätte das zerkratzte Metall rund ums Schlüsselloch bereits oxidiert, das heißt nachgedunkelt. Wir wollen einmal Mrs. Marker fragen!"

Zufällig kam sie gerade vorbei, erkennbar mitgenommen von den dramatischen Vorgängen im Haus.

„Darf ich annehmen, daß Sie gestern hier abgestaubt haben?" begann Holmes.

„Ja, wie immer halt!" antwortete sie verschüchtert.

„Und der Kratzer da, den Sie dabei offensichtlich übersehen haben, fiel Ihnen nicht auf?" Holmes schlug einen scharfen Ton an.

„Nein, Sir!" Holmes musterte sie kurz und eingehend, dann wurde sein Ton milder. „Nichts für ungut!" beeilte er sich zu bemerken. „Eine abschließende Frage noch: Der Schlüssel dazu − wo hängt er und wer hat ihn?"

„Der Professor natürlich!" kam die verdutzte Antwort.

„Dachte ich mir doch!" merkte der Detektiv düster an.

„Der Sachverhalt scheint klar!" fuhr er nun fort. „Unsere Dame schlich ins Zimmer und versuchte sogleich, das Schränkchen aufzusperren, wurde dabei jedoch von Willoughby Smith gestört. Beim hastigen Herausziehen des Schlüssels entstand dann der Kratzer. Als Smith sie festzuhalten versuchte, muß sie sich heftig gewehrt haben − unter Zuhilfenahme schließlich des Brieföffners, der in Griffnähe lag. Danach floh sie, ob mit oder ohne dem Gewünschten, ist mir noch unklar!"

So unscheinbar wie sie wirkte, hatte Susan, das Hausmädchen, das Zimmer betreten.

„Das trifft sich gut!" sprach Holmes sie an. „Fast die wichtigste Frage können nämlich nur Sie beantworten: Nach dem Todesschrei, von dem Sie berichteten, konnte da noch jemand über den Korridor und durch den Haupteingang entfliehen?"

183

„Völlig unmöglich, Sir! Das hätte ich hören müssen!"

„Woraus folgt, daß die Dame entweder über den anderen Flur, der zum Zimmer des Professors führt, entfleucht ist – oder wieder durch den Hinterausgang. Statten wir dem Hausherrn doch gleich, auch aus Höflichkeitsgründen, einen Besuch ab. – Interessant in der Tat, daß auch auf dem Flur zum Zimmer des Professors ein längerer Kokosläufer liegt. Hopkins, das ist was für Ihren Hinterkopf!"

Hopkins, der sich aus der Bemerkung meines Freundes keinen Reim machen konnte, führte uns zum Schlafzimmer des Professors, klopfte kurz – und wir traten ein. Wenn ich von „Schlafzimmer" spreche, ist das nur ein Teil der Wahrheit, denn der Raum wirkte auf den ersten Blick eher wie eine Bibliothek – eine chaotische freilich. Bücher, wohin man schaute: in den Regalen und auf dem Boden – mit Stapeln von Manuskripten vermischt. Mitten im Zimmer stand ein breites Bett, und in dem thronte, wie man wohl sagen muß, eine der merkwürdigsten Gestalten, die mir je begegnet ist. In seinem von ungepflegten grauen Haaren und einem wildwuchernden Bart umrahmten Gesicht fiel mir zunächst die überdimensionale Geiernase auf. Aber auch die Augen, mit denen wir kühl gemustert wurden, waren von der ganz hervorstechenden Art! Nikotinflecken unter den Mundwinkeln und an den Fingern der rechten Hand sowie Asche im Bart vervollständigten das Bild eines eher erbärmlichen, suchtgeprägten Mannes. Nach dem Austausch der Begrüßungsfloskeln bot er meinem Freund in seltsam gefärbtem Englisch auch sogleich eine Zigarette an:

„Türkischer Tabak, vom Feinsten – und speziell für mich gemischt. Mein einziges Laster! Daß ich nach dem tragischen Tod meines Assistenten noch mehr als sonst rauche, ist wohl einigermaßen nachvollziehbar. Das alles hat mich tief getroffen, denn er war als Mitarbeiter ebenso gut wie als Mensch! Um so dankbarer bin ich, daß der berühmteste aller Detektive nun sein Augenmerk auf die Aufklärung dieses Falles richtet!"

„So ist es!" kam Holmes' kurze Antwort. „Nur denke ich, daß auch Sie dazu einiges beitragen können. Zwei Fragen vor allem habe ich: Waren Sie, als der Mord passierte, hier im Zimmer? Und: Was könnte Ihrer Meinung nach die letzte Bemerkung des Sterbenden bedeutet haben, die Ihnen wohl bekannt ist? ‚Professor – die Frau!' waren ja seine, wohl als Hinweis gedachten, letzten Worte. Für mich ergibt vor allem letzteres keinen Sinn!"

„Ja, es stimmt, ich hielt mich hier auf!" beantwortete der alte Mann Holmes' erste Frage. „Zur zweiten, wohl von Susan zitierten Frage weiß ich nur folgendes: Es ergibt keinen Sinn! Vielleicht hat sie sich verhört? Vielleicht hat das Mädchen in seiner eher schlichten Denkweise da auch einiges durcheinandergebracht?"

„Aber haben Sie vielleicht irgendeine eigene Theorie, was passiert sein könnte – und warum?" hakte Holmes nach.

„Man macht sich ja immer so seine Gedanken, junger Mann!" fuhr der Professor gönnerhaft fort. „Aber eine schlüssige und vor allem eindeutige Erklärung habe ich natürlich nicht. Sonst hätte sie Hopkins ja auch längst erfahren. Ein Unfall vielleicht..., möglicherweise irgendeine

Affäre..., da allerdings kann ich schon längst nicht mehr mitreden! Denkbar wäre — aus meiner Sicht — auch ein Selbstmord! Aber wer weiß das schon?! Ich bin da überfragt!"

„Gegen einen Selbstmord spricht das Vorhandensein der Brille!" wandte Holmes ein.

„Ach, woher sollen wir wissen können, welche Gegenstände Mr. Smith mit sich herumtrug? Vielleicht Andenken an eine frühere Freundin? Nach einer Trennung kommt man schließlich aus lauter Enttäuschung auf die unmöglichsten Einfälle. Nein, je länger ich darüber nachdenke, um so wahrscheinlicher erscheint mir die Annahme, daß er Selbstmord begangen hat."

„Mag sein...!" Holmes geriet ins Grübeln. „Eine Frage möchte ich Ihnen noch stellen: Was befindet sich in dem Schrank da drüben?"

„Alle möglichen Papiere, Dokumente, Diplome und dergleichen mehr! Im Grunde also nichts, an was ein Einbrecher Interesse haben könnte. Sie können sich gerne davon überzeugen! Hier habe ich den Schlüssel!"

Holmes nahm den Schlüssel jedoch nur kurz in Augenschein und reichte ihn sogleich zurück. Es hatte fast den Anschein, als wäre Holmes durch diesen Schlüssel zu einer wichtigen Erkenntnis gekommen.

„Bringt nichts!" gab er allerdings nur als kurzen Kommentar von sich. „Ob die Selbstmord-Theorie Licht in unseren Fall bringen kann, werden wir hoffentlich bald herausfinden. Ich möchte darüber nachdenken, solange ich im Garten spazierengehe. Sollte sich etwas Neues ereignet haben, rufen Sie mich bitte sofort!"

„Bist du in deinen Nachforschungen irgendwie weitergekommen — in Richtung auf ein Motiv oder gar den Täter?" fragte ich ihn, als wir am Gartenzaun entlangwanderten.

„Ach, Watson! Vielleicht, vielleicht auch nicht!" war die nichtssagende Antwort meines Freundes. „Hängt alles von den Zigaretten ab!" fügte er, bereits wieder in seine Gedanken versunken, noch hinzu. Das war nun die rätselhafteste Antwort, die er mir je geliefert hatte. Und man darf mir glauben, daß ich dahingehend einiges gewohnt war.

„Warten wir erst einmal ab! Im Notfall kommen wir der Dame immer noch über den Optiker auf die Spur", fuhr er fort. „An dieser Dame sind wir dagegen schon dran", und deutete in Richtung Haus. Dort hatte Holmes Mrs. Marker entdeckt, die nun auf uns zukam und von ihm sofort nach anfänglichen Freundlichkeiten in ein Gespräch verwickelt wurde. Höchst fraglich war es dagegen, ob er dabei außer Belanglosigkeiten etwas erfuhr, was ihn hätte weiterbringen können, denn daß der Professor ein sehr starker Raucher war, hatte er bereits festgestellt. Aus Höflichkeit warf er die Feststellung ein, daß Rauchen schließlich auch der Gesundheit schaden könnte. „Mit dieser Vermutung liegen Sie bei Mr. Coram ganz falsch, Sir!" widersprach ihm die Wirtschafterin heftig. „Erst heute morgen hat er so ausgiebig gefrühstückt, wie ich es bei ihm noch nie erlebt habe. Während mir der Mord auf den Magen schlägt, scheint er bei ihm einen nicht zu bändigenden Hunger hervorzurufen." Auf diesem nichtssagenden Niveau zog sich die Plauderei eine Weile dahin, bis Holmes sie endlich auf seine gewohnt charmante Art beendete. Der Rest des Vormittags verlief ruhig und ohne wichtige Zwischenfälle. Hopkins hatte sich zur Überprüfung einer Verdächtigen ins Dorf begeben, während mein Freund anscheinend für nichts Interesse aufbringen konnte. Selbst die Nachricht des zurückgekehrten Detektivs, daß eine Frau beobachtet worden sei, auf die Holmes' Beschreibung exakt zutreffe, nahm er nur beiläufig auf. Erst als Susan uns beim Lunch beiläufig erzählte, daß Willoughby Smith einen Tag zuvor — entgegen allen sonstigen Gewohnheiten — spazierengegangen und ungefähr 30 Minuten vor dem Mord wieder eingetroffen sei, begann er wieder aufzuhorchen. Auf eine Erklärung über sein Verhalten wartete ich natürlich vergeblich, aber daran war ich schon gewöhnt. Über alles aufgeklärt wurde ich immer erst kurz vor Abschluß des Falles.

Nachdem es zwei Uhr geschlagen hatte, sprang er plötzlich auf und forderte uns zum Mitkommen auf. Ein erneuter Besuch beim Professor sollte erfolgen.

Wir trafen ihn in einem reichlich mitgenommenen Zustand an: Viele leere Teller standen um ihn herum und kündeten von seinem bemerkenswerten Appetit.

„Na, großer Meister?" begrüßte er Holmes ironisch. „Sie versprachen wiederzukommen, wenn es etwas Neues gibt: Also haben Sie entweder den Selbstmord bewiesen oder die Mörderin geschnappt?"

„Nein, ganz so weit bin ich noch nicht!" grinste mein Freund hintergründig und griff nach der Zigarettenschachtel, die man ihm gerade anbot, ließ sie jedoch fallen. Es war eines jener Mißgeschicke, die Sherlock Holmes nur in seltenen Fällen unterliefen. Die Zigaretten lagen weit verstreut herum, und Holmes hockte am Boden und versuchte, alle wieder einzusammeln. Dabei benötigte er jedoch auffallend viel Zeit.

Als er sich wieder erhob, glomm in seinen Augen jenes Feuer, das mir immer ankündigte, daß Holmes ein Problem „erledigt" hatte. Daher war ich auch nicht erstaunt, als er jetzt verkündete: „Der Fall ist gelöst!"

„Wie meinen Sie?" Der Professor schien auf einmal hellwach zu sein: „War es jemand aus dem Haus?"

„Des Rätsels Lösung befindet sich hier im Raum", entgegnete Holmes.

„Sie machen wohl Scherze", war die spöttische Antwort. „Denn es kann sich ja nur um einen mißglückten Witz handeln! War ich etwa der Täter? Oder gar einer von Ihnen? Und: Wann eigentlich sind Sie auf Ihre famosen Folgerungen gekommen?"

„Soeben! Und dazu gehört auch, daß Sie nicht der Täter sind, aber dessen, genauer gesagt, deren Komplize! Sie wis-

sen erstens, wer die Täterin ist, und zweitens wird selbige von Ihnen gedeckt! Ob Sie dabei auch noch Fluchthelfer gespielt haben, ist eher nebensächlich!"

„Sie sind wohl wahnsinnig geworden, mit solchen Unterstellungen zu operieren?"

Der Professor, dem die Zornesröte ins Gesicht geflutet war, hatte sich – flinker, als zu erwarten war – aus dem Bett herausbewegt und stand nun, vor Wut fast bebend, vor Holmes: „Wo soll sie denn sein, meine angebliche Komplizin?"

„Da drüben – im zweckentfremdeten Bücherschrank!" erwiderte mein Freund lässig.

Anscheinend hatte mein Freund wieder einmal einen Volltreffer gelandet, denn der Professor sank sogleich, wie vom Blitz getroffen, in den hinter ihm stehenden Sessel – und stammelte nur noch... So irritierend das für Holmes, Hopkins und mich nun auch wieder war, noch verwirrender wurde die Situation dann, als sich die Schranktür öffnete und eine Frau herauskam!

Zunächst hielt sie sich noch gebückt, schließlich richtete sie sich zur vollen Statur auf und stand schließlich – leicht verstaubt und vergrämt im Gesicht – vor uns!

„Hatte ja auch keinen Sinn mehr, sich länger zu verstekken!" begann sie nach einigen Sekunden, in denen sie uns äußerst mißtrauisch bis kritisch beäugte, wobei sie mächtig blinzelte. Ich stellte mit Erstaunen fest, daß Holmes wieder mal recht gehabt hatte, und zwar in allen Punkten seiner Beschreibung. Bei näherer Betrachtung wurde jedoch mehr als deutlich, daß wir eine außergewöhnlich willensstarke Frau vor uns hatten, die – obwohl einerseits vom

190

Typ her eher charmant und souverän — andererseits in der Lage schien, über Leichen zu gehen. Über die Tatsache, daß Hopkins sie sofort für verhaftet erklärte, ging sie ohne irgendwelche Einwände jedenfalls mit beispielloser Gelassenheit hinweg.

„Ihre Vorwürfe habe ich in meinem Verschlag wortwörtlich mithören können. Stimmt auch alles. Ich habe den jungen Mann umgebracht! Und doch bin ich keine Mörderin, eher war es wohl eine Art von Notwehr! Ich wollte, ich mußte mich wehren gegen den Angreifer und bekam rein zufällig den Brieföffner in die Hand... Der Rest ist allgemein bekannt!"

„All das deckt sich mit meinen Recherchen, Madam...", wagte Holmes einzuwerfen.

Indes, die Dame war nicht zu bremsen: „Sie müssen wissen, meine Herren, daß der sogenannte Professor Coram in Wahrheit mein Mann ist. Noch, muß ich hinzufügen, denn genaugenommen verbindet uns nichts mehr. Beide sind wir Russen — und natürlich hat er einen anderen Namen. Beide waren wir Mitglieder einer verfolgten Bürgerrechtsbewegung — ich bin's noch immer. Ständig wurde uns nachgestellt von irgendwelchen staatlichen Stellen. Einen maßgeblichen Mitarbeiter des Geheimdienstes, der uns dicht auf den Spuren war, haben wir, in unserer Not und um unsere eigenen Köpfe zu retten, umgebracht. Dann aber ging die Kopfjagd erst so richtig los. Das Netz um uns herum wurde immer engmaschiger und bedrohlicher, und schließlich hatte man auch einen gefunden, der bereit war, seine Freunde zu verraten. Meinen Mann nämlich! Mehrere aus unserer Gruppe, die darauf hingemordet wurden, hat er folglich auf dem Gewissen! Als Judaslohn bekam er eine immense Summe Geld sowie die Möglichkeit zu emigrieren. Daß er mit unserer Rache rechnen mußte, war ihm natürlich klar, und so versteckte er sich erstens, indem er in diesen kleinen Ort auf dem Land zog und sich − zweitens − einen anderen Namen zulegte. All das paßt zu dem Mann, den ich einmal vor Jahrzehnten in jugendlicher Verblendung geheiratet habe.

Aber das, was für mich persönlich die größte Enttäuschung war, kommt noch: Einer aus unserer Gruppe, Michail mit Namen, lehnte jedwede Gewalt grundsätzlich und rigoros ab. In vielen Briefen hat er diese seine Meinung mir gegenüber ebenso eindringlich wie glaubwürdig beschworen. Sein Pech war, daß mein Mann diese Schreiben in seine Hände bekam, mitnahm und zur Herausgabe seither nie mehr bereit war. Wäre ich im Besitz dieser Schreiben gewesen, die seine Unschuld beweisen, hätte ich ihn, der seit Jahren in Sibirien gefangengehalten wird, freibekommen. Aber dazu mußte ich erst meinen Mann finden, was mir mit einigen Mühen und mit Hilfe eines Privatdetektivs auch gelang. Dem wiederum gelang es sogar − als Mitarbeiter des Professors −, für einige Wochen hier zu wohnen. So wußte ich, wo sich der Schrank mit den Privatdokumenten befand, und auch ein Duplikat des Schlüssels fertigte er für mich an. Die Dokumente selbst herauszuschmuggeln, wollte ich ihm − wegen der diversen, damit verbundenen Gefahren − nicht zumuten. Daran bin ich ja selbst genügend gewöhnt. Der Detektiv besorgte mir auch einen Grundriß des Hauses und machte mich mit den Lebensgewohnheiten des Personals vertraut. Daß das Arbeitszimmer vormittags nicht benutzt wird, wußte ich daher. Wie man das Haus findet, erfuhr ich kurz nach meiner Ankunft in Chatham von einem jungen Mann, der mir über den Weg lief. Nicht ahnen konnte ich dabei, daß er selbst der Sekretär des sogenannten Professors war. Ins Haus, ins Arbeitszimmer und an die Papiere zu kommen war daher kein Problem für mich. Nur, als ich mit denen in der Handtasche gerade wieder verschwinden wollte, überraschte mich der junge Sekretär. Was dann folgte, ist Ihnen allen ja bekannt! Und da Mr. Willoughby mich bereits kannte, wollte er mit seinen letzten Worten die Mörderin, also mich, entlarven.

Was danach weiter passierte, ist kurz erzählt: Völlig kopflos, in Panik und – weil ohne Brille – stark sehbehindert, bin ich losgerannt und landete recht bald im Zimmer meines Mannes. Der – ausgerechnet der – wollte mich sofort der Polizei übergeben. Er hat diese Absicht aber wieder aufgegeben, als ihm klar wurde, daß ich dann meine Moskauer Freunde verständigen würde. Dann nämlich wäre er selbst ein Todeskandidat gewesen und hätte im letzten Abschnitt seines mißratenen Lebens keine ruhige Minute mehr gehabt! Notgedrungen und im eigenen Interesse, versteckte er mich daher hier im Zimmer. Nachdem die Polizei fortgegangen war, hätte auch ich mich wieder davongemacht. Daß Sie, Mr. Holmes, dazwischenkommen würden, wie hätte ich es ahnen können?"

Tief betroffen durch die Beichte dieser ebenso tapferen wie verzweifelten Frau, die danach – wie es schien – zur Beruhigung irgendeine Kapsel schluckte, saßen wir eine Weile völlig sprachlos da, und sogar der „Professor"

193

schien betroffen zu sein. Es war natürlich mein Freund, der als erster wieder Worte fand: „Und nun?! Jetzt müßte ich Sie der Polizei übergeben, obwohl der Fall sich mir persönlich als Notwehr darstellt. Wahrscheinlich kämen Sie wieder frei…"

„Keine Sorge, Mr. Holmes!" unterbrach sie ihn mit matter Stimme. „Der Fall ist schon gelöst − durch eine spezielle Form von Selbstjustiz! Denn mich rettet keiner mehr! Die tödliche Wirkung des Mittels, das ich gerade zu mir genommen habe, ist mir nur zu gut bekannt! Nur dies noch…", dabei zog sie ein Papierbündel aus ihrer Handtasche, „bitte übergeben Sie die Briefe der russischen Botschaft − bitte! Dann wohl kommt mein Freund endlich frei! Ich selbst habe mich anders befreit… von der Last, die auf mir liegt, von… meiner… Schuld…"

Nur noch zögernd, flüsternd und mit gequältem Gesichtsausdruck hatte sie diese letzten Worte herausgebracht. Es folgte ein kurzer Schlenker ihres Kopfes − und sie war tot!

Durch die beschriebenen Vorgänge waren wir wie selten zuvor mitgenommen und fuhren in betretenem Schweigen zurück nach London. Und erst nachdem wir die Unterlagen bei der Botschaft abgegeben und wieder zu Hause in der Baker Street eingetroffen waren, tauten wir beide langsam auf.

„Der Dreh- und Angelpunkt des ganzen Falles", begann Holmes seinen üblichen Abschlußkommentar, „war die goldene Brille! Deren dicke Gläser ließen nur einen Schluß zu: daß die Besitzerin fast blind sein mußte! Völlig ausgeschlossen, daß sie nach dem Mord und nach dem Verlust ebendieser Brille dann noch auf dem äußerst schmalen Grasstreifen fliehen konnte. Woraus folgt: Sie mußte noch im Haus sein, irgendwo versteckt! Wo dies nur sein konnte, war mir spätestens dann klar, als ich die Ähnlichkeit der beiden Flure bemerkte! Einerseits in Panik, andererseits ihrer Sehkraft beraubt, hatte sie einfach die beiden Korridore verwechselt – und landete zwangsläufig im Zimmer des ‚Professors'! Dort also mußte sie versteckt sein, dort galt es zu suchen! Aber wo? Aus alten Bibliotheken wußte ich, daß sich hinter Bücherborden gelegentlich kleine Nischen befinden – vergleichbar mit Wandtresoren, die man gern durch Bilder tarnt. Angesichts der auf dem Boden verteilten Bücherstapel kam aber nur ein Regal in Frage: Denn der Boden davor war völlig frei! Da nur konnte das Versteck sein, auch wenn ich ansonsten zunächst keinerlei Indizien hatte! Um die wiederum zu bekommen, wandte ich den uralten Trick an, Spuren durch Zigarettenasche sichtbar zu machen. Deshalb, und nur deshalb, habe ich beim ersten Besuch beim Professor so maßlos geraucht, wobei die Asche ganz ‚zufällig' immer vor dem Regal auf den Boden fiel. Beim zweiten Besuch ging's dann nur noch darum, festzustellen, ob –– und wenn ja: welche – Fußspuren vorhanden waren. Durch meine vermeintliche Ungeschicklichkeit mit der Zigarettenschachtel gelang es mir schließlich, den Boden vor dem Regal etwas näher unter die Lupe zu nehmen. Und siehe da: Eindeutige Fußspuren vom Regal weg und wieder zurück. Somit war der Fall klar und der Rest weitgehend Routine. Genaugenommen lag die Lösung schon vorher ‚auf der Hand', als ich nämlich

im Garten vom erhöhten Nahrungsverbrauch des ‚Professors' erfuhr. – Das war's und du weißt nun Bescheid!"

Drei Wochen später entnahmen wir einer kleinen Notiz in
der *Times,* daß Professor Coram verstorben war. Der
Arzt, der den Toten untersucht habe, sei sich seiner Sache
freilich nicht ganz sicher gewesen. Das könne am übermä-
ßigen Zigarettenkonsum des Verblichenen gelegen haben,
wurde er zitiert. Denkbar sei aber auch ein Selbstmord,
wobei die unmittelbare Todesursache noch unklar sei.
Gleiches gelte für die Identität des Verstorbenen, fügte ein
Polizeisprecher hinzu.
    Die Überlegung, ob dabei nicht vielleicht eine höhere
Gewalt ihre Finger „im Spiel" hatte, überlasse ich lieber
dem Leser.

# Der bleiche Soldat

In dem Fall, den ich heute schildern werde, gelang meinem Freund Holmes ein Meisterstück besonderer Art. Er übertraf mich als Mediziner. Nicht etwa, daß ich eine falsche Diagnose gestellt hätte – und er die richtige, aber in einer bestimmten Art hatte er recht, und ich hatte gar nichts begriffen. Zunächst jedenfalls! Aber beginnen wir von vorn!

Es begann mit dem Besuch eines gewissen James Dodd, der braungebrannt, mit kurzgeschnittenem, elegantem Schnauzer und lässigen, aber sicheren Manieren wie die Verkörperung des jugendlichen Selbstbewußtseins in unser Frühstückszimmer trat. Andererseits wollten seine bedrückte Miene und das Verhaltene seiner Bewegungen nicht so ganz zu diesem Eindruck passen.

„Was, bitte, ist Ihr Begehr?" begann mein Freund in einer bewußt altertümelnden Art die wohl auch für ihn zunächst etwas befremdliche Unterhaltung.

„Mein Freund Godfrey ist mir verlorengegangen, Mr. Holmes!" entgegnete unser Besucher prompt. „Einfach weg! Und Sie sollten ihn finden. Er wäre's mir wert!"

In das nachfolgende Schweigen hinein sagte Holmes: „Gefunden, oder besser herausgefunden habe ich zumindest bereits einiges... über Sie! Sie waren oder sind Soldat: Militärischer Einsatz — im südlichen Afrika vermutlich. Middlesex Corps! Und doch... kein Dauer-Militär."

„Wie kommen Sie auf diese kühne, wenn auch zutreffende Identifizierung?" Der Besucher schien bis in die Knochen verblüfft zu sein.

Holmes tat seinen Erfolg ab: „Reine Routine. Gesichtsfarbe, Bartlänge, Kleidungsdetails haben Sie verraten! Der Rest läßt sich aus der Visitenkarte erschließen: Börsenmakler in der City..."

„Von Ihren sagenhaften Fähigkeiten habe ich ja schon gehört. War ja auch der Grund für mein Herkommen. Aber wie Sie da im Detail draufkommen...?!"

„Berufsgeheimnis, Verehrtester! Vielleicht komme ich später einmal darauf zurück! Doch nun zur Sache: Wo kam Ihnen Ihr Freund ‚abhanden‘ – in Afrika oder hierzulande?"

„Hier, natürlich", beeilte sich Dodd zu versichern. „Freilich: Die gemeinsamen Abenteuer haben wir in Südafrika erlebt."

„Na, in Tuxbury Old Park ging es ja wahrhaftig auch abenteuerlich zu", warf Holmes ein.

„Tuxbury... Woher wissen Sie das? Ach ja, auf dem Briefumschlag stand's! Und daß es da ziemlich abenteuerlich zuging, folgern Sie wohl daraus, daß ich ziemlich überstürzt hier aufgetaucht bin?! Hätte mich Oberst Emsworth nicht hinausgeworfen, wär' ich auch noch nicht da!"

„Sein Vater, wie ich vermute?"

„Ja", beeilte Dodd sich zu versichern. „Und dieser Vater ist das krasse Gegenteil von Godfrey, der so lange mein bester Freund war! Ein Jahr lang sind wir durch dick und dünn gegangen, haben die gefährlichsten Situationen gemeinsam durchgestanden, den Kopf füreinander hingehalten... Und dann hat's ihn schließlich doch ganz schlimm erwischt, in irgendeinem Hinterhalt. Und seither haben wir uns nicht mehr gesehen. Zwei Briefe kamen noch – einer aus dem Lazarett, einer aus Southampton, dann Funkstille! Seit einem halben Jahr. Als ich entlassen wurde, habe ich notgedrungen seinem Vater geschrieben... und keine Antwort erhalten. Erst auf meinen zweiten Brief bekam ich eine kurze, sehr unfreundliche Replik: Godfrey sei auf Weltreise und erst frühestens in einem Jahr wieder im Lande. Es ist ja möglich..., die Erholung hat er ja auch verdient! Aber warum meldet er sich nicht bei mir? Gelegentlich eine Karte von irgendwoher – das wäre wohl das mindeste unter Freunden!"

Dodd machte eine Pause, bevor er sagte: „Kein Zweifel: Da stimmt was nicht!"

Nach kurzer Zeit entgegnete Holmes mit Überzeugung: „Schaut so aus! Zum alten Oberst... Wie ist denn sein Verhältnis zu seinem Sohn?"

„Gespannt! Woran es genau liegt, weiß ich freilich nicht. Möglicherweise spielt Geld eine Rolle – Godfrey wird eine Menge erben! Aber eigentlich braucht sein Vater das Geld ja nicht mehr! Es ist alles so absurd."

Holmes hatte offensichtlich Spaß an dem Fall gefunden. Er fragte: „Und nun zu Ihnen! Was konkret ist denn passiert?"

„Also, zunächst bin ich in die Nähe von Bedfort gefahren, also in die Nachbarschaft von Tuxbury Old Park, habe mich dort eingenistet und dann schriftlich an die Hausherrin gewandt. Ihr habe ich mich vorgestellt, habe erzählt, daß ich zufällig in der Nähe sei, und daß es überhaupt viel zu berichten gäbe. So in dem Stil! Daraufhin bekam ich eine freundliche Antwort der alten Dame und eine Einladung, doch für einen Abend und eine Nacht vorbeizukommen. Das habe ich natürlich sofort akzeptiert und bin losgefahren.

Es war freilich nicht ganz einfach, nach Tuxbury Old Hall zu kommen. Das Anwesen liegt ziemlich am Ende der Welt und ist völlig isoliert dadurch, daß kein anderes Haus in der Nähe steht und die Verkehrsverbindungen sowieso schlecht sind. Na ja, und das Haus selbst: ein architektonischer Sonderfall. Alle Stile sind durcheinander, aber ansonsten ist es ziemlich groß und gemütlich – herrschaftlich halt! Dabei gibt es dort als Personal nur Ralph, den

Butler, den ich schon von Godfreys Erzählungen her kannte, und dessen Frau, die ich dort kennenlernte: Sie ist eine zauberhafte Oma und meinem Freund, um den sie sich schon gekümmert hat, als er noch ein Baby war, sehr zugetan. Auch Godfreys Mutter war kein Problem. Sie ist eine umgängliche, ja liebenswerte Person. Wie sie zu ausgerechnet diesem Mann gekommen ist, bleibt wohl ewig ihr Geheimnis. Nun also der Oberst: Er ist ein ungepflegter Kerl mit abstoßenden Manieren; beim Militär hätte er sich das noch nicht einmal eine Minute erlauben können! Er wollte mich von Anfang an loswerden, ganz klar, aber den Gefallen habe ich ihm natürlich nicht getan. Stellen Sie sich vor, er hat versucht zu bestreiten, daß ich ein Freund seines Sohnes bin. Beweise wollte er haben! Auf die Briefe von Godfrey, die ich ihm daraufhin zeigte, reagierte er reichlich zurückhaltend: ‚Gut, gekannt haben Sie sich, wie ich sehe!‘ sagte er. ‚Aber Godfrey ist unterwegs und will, wie’s scheint, allein sein. Das müßten Sie doch erstens begreifen – und zweitens akzeptieren können! Es ist sein Leben, und ich mische mich da im Detail nicht ein! Außerdem: Er braucht Erholung, wie Sie wissen. Das als Erklärung müßte reichen!‘

Er ist ein alter, schlauer Fuchs. Auch als ich nach der Schiffahrtslinie, dem Schiff selbst und der Reiseroute fragte, gab er keine Auskunft. Er sagte, wenn Godfrey es gewollt hätte, hätte er es mir selbst mitgeteilt.

Aber so sei es nun mal nicht. Meine Hartnäckigkeit mißfalle ihm, ich möge doch jetzt endlich Ruhe geben. Das war alles. Wie an einer Mauer bin ich abgeprallt. Daß ich es dann auch bald aufgab, werden Sie sicher verstehen.

Aber das war noch nicht alles! Denn rein zufällig hatte ich am Abend noch ein äußerst irritierendes Gespräch mit dem Butler. Als er in meinem Zimmer nachheizte, teilte er mir zunächst eher beiläufig, dann entschuldigend mit, daß er das meiste aus den vorherigen Gesprächen mitbekommen habe. ‚Feiner Kerl, der Godfrey!‘ sagte er. ‚Mutig und tapfer. Hat sich immer prima benommen. Er hätte mal eine tolle Karriere machen können!‘

*Hätte.* Er redete wie von einem Toten. Halb verrückt vor plötzlicher Angst, habe ich daher drauf reagiert. Was die merkwürdige Wortwahl denn bedeute, habe ich nachgefragt. Er, wenigstens er, solle mir doch endlich mal reinen Wein einschenken. Auf seine Reaktion kämen Sie nie: Aschfahl im Gesicht ist er geworden, die Augen flackerten nur noch, und, bevor er aus dem Zimmer flüchtete, flüsterte er heftig: ‚Wäre besser gewesen, wenn es so wäre!‘ Und: ‚Einmischen mag und kann ich mich nicht! Fragen Sie doch die, die das alles zu verantworten haben!‘

Völlig verzweifelt bin ich dann fast wie in Trance zu Bett gegangen und habe mir mit der Frage, was denn der wahre Hintergrund der grausig erscheinenden Angelegenheit sei, mein Hirn zermartert — und kam natürlich zu keinem Ergebnis. Hatte Godfrey etwa irgend etwas angestellt oder sich etwas Unehrenhaftes geleistet? Wurde er deshalb gar von seinem Vater versteckt? Ich kam einfach auf keine vernünftige Antwort. Ich sagte mir: ‚Augen zu, streng nachdenken und nicht nachgeben.‘ Nur: Es half überhaupt nichts. Nicht einen Millimeter kam ich weiter! Rätsel, wohin ich auch meine Gedanken wendete. Das Schlimmste schließlich kam, als ich meine Augen, die gegen das Fenster gerichtet waren, zufällig wieder öffnete: Auf einmal sah ich Godfrey vor mir, sein Gesicht an die Scheibe gedrückt. Und daran gibt es keinen Zweifel: Er war's!

Wenn auch ganz anders, als ich ihn in Erinnerung hatte: Er war gespensterbleich – und hatte einen völlig trostlosen Blick in den Augen: Nie werde ich diesen Anblick des ehemals braungebrannten und vitalen Mannes vergessen können, der mir in der Zeit, in der wir engste Freunde waren, so viel bedeutet hat. Nun sah er fast wie ein lebender Toter aus. Gespenstisch, aberwitzig, Mr. Holmes, aber wahr!"

„...was wahrlich typisch ist für die Realität!" warf mein Freund in sprachspielerischer Weise ein.

„Na ja, an Gespenster glaube ich sowieso nicht! Und so bin ich nach dem ersten Schock aufgesprungen, zum Fenster gestürzt, wollte es aufreißen – aber es klemmte! Als ich es endlich aufhatte, war Godfrey schon längst irgendwo im Dunkeln verschwunden. Indes, das lernt man beim Militär, ganz abhängen konnte er mich nicht! So folgte ich dann den nur noch schwach wahrnehmbaren Geräuschen und hastete auf einem Weg dahin, der vom Haus weg und nach Süden führt. Hinter ihm hergerufen habe ich natürlich auch – aber zwecklos, er floh ja vor mir, weshalb auch immer! Irgendwo, nach gut hundert Metern, gabeln sich da mehrere Wege, und auf einem weiterzulaufen, wäre das reinste Glücksspiel gewesen. Immerhin hörte ich noch, wie irgendwo im Dunkeln eine Tür ins Schloß fiel. Klar, daß das nur er sein konnte. Mit der festen Absicht, die Suche am nächsten Tag fortzusetzen, bin ich schließlich ins Haus zurückmarschiert. Versteht sich, daß ich kaum schlafen konnte, zu viel schwirrte mir im Kopf herum!

Besser ging es mir erst am darauffolgenden Morgen beim Frühstück. Mrs. Emsworth fragte mich sogar, ob ich nicht noch etwas bleiben wollte – und das kam mir gerade recht! Dankend habe ich angenommen und bin dann auch bald losgezogen. Im Haupthaus zu suchen, hätte man mir sicher übelgenommen; es wäre in diesem riesigen, völlig verschachtelten Gebäude auch so gut wie aussichtslos gewesen. Außerdem hatte ich ja die begründete Vermutung, daß sich Godfrey irgendwo draußen, auf dem Grundstück zwar, aber wohl in einem der diversen Nebengebäude aufhält. Die galt es unauffällig zu inspizieren, und da bin ich auch bald – fast – fündig geworden: am äußersten Nebengebäude nämlich. Wie ich nämlich da so vorbeischlenderte, ging plötzlich die Tür auf, und heraus kam ein Mann, der so einen altmodischen kleinen Lederkoffer in der einen Hand hielt, während er mit der anderen die Tür sorgfältig verschloß. Diese Gelegenheit habe ich sofort wahrgenommen, ihn nach meinem Freund zu fragen. ‚Hat man Ihnen nicht berichtet, daß er derzeit auf Reisen ist?' war die unwillige Antwort. Mehr konnte ich beim besten Willen nicht von ihm erfahren. Auch hat er sich so bald es die Höflichkeit nur zuließ, ganz geschwind aus dem Staub gemacht. In einer der Fensterscheiben des Gebäudes, vor dem ich stand, bemerkte ich dann noch, daß er mich aus der Entfernung eine Weile beobachtete. Das hat mir aber nichts ausgemacht.

Ich habe das Haus untersucht, aber zu entdecken gab's da wegen der zugezogenen Vorhänge rein gar nichts! Was blieb mir nun anderes übrig, als es abends noch einmal zu versuchen?!

Den Tag verbrachte ich daher mit Belanglosigkeiten. Nach Einbruch der Dunkelheit wagte ich dann aber den zweiten Versuch. Und da hatte ich schon mehr Glück! Denn einer der Vorhänge war nicht ganz zugezogen, wodurch ich Einblick in ein erleuchtetes, recht gemütliches Zimmer bekam.

Zwei Männer saßen da — wie es schien wortlos — vor dem Kamin. Der eine war, in irgendeine Zeitung vertieft, der Mann, mit dem ich am Morgen den kurzen Disput gehabt hatte. Und der andere saß mit dem Rücken zum Fenster. Ganz ohne Zweifel war es aber Godfrey! Selbst ohne Licht hätte ich ihn, meinen Freund, sofort erkannt. Nur seine Haltung schien mir merkwürdig: Den geneigten Kopf auf die rechte Hand gestützt — so saß er da, wie es schien, von tiefer Resignation befallen!"

„Haben Sie die Zeitung des anderen erkannt?" hakte Holmes ein.

Dodd stutzte und sah Holmes verwirrt an: „Ich verstehe den Sinn der Frage nicht, Mr. Holmes! Die Antwort ist aber nein. Godfrey hat mich nun mal mehr interessiert. Um fortzufahren: Als ich noch über ihn nachgrübelte, knallte mir plötzlich eine Hand auf die Schulter, daß ich vor Schmerz und Überraschung laut aufschrie. Es war Oberst Emsworth, der mir unauffällig gefolgt sein mußte.

‚Zurück ins Haus', zischte er. Und auf dem Weg dahin machte er mir unmißverständlich und mit vor Wut ganz weißem Gesicht klar, daß er meine Abreise für den nächsten Morgen erwarte. Er sei maßlos empört, fuhr er fort, daß ich, obwohl als Gast aufgenommen, mich in seine ureigensten Privatangelegenheiten mische. Natürlich habe ich mein Verhalten zu entschuldigen versucht und mit der Sorge um meinen Freund begründet. Aber alles half nichts! Im Haus angekommen, warf er mir noch einen haßerfüllten Blick zu und stampfte dann in äußerster Erregung die Treppe hinauf. Am nächsten Morgen machte ich mich dann ganz schnell aus dem Staube und auf den Weg zu Ihnen. Da bin ich nun und erwarte Ihre Hilfe."

Wir saßen alle drei in tiefem Schweigen und hingen unseren Gedanken nach, bis Holmes die Stille durchbrach. „Tja, sonderbar alles, und doch gibt das alles irgendwie einen Sinn. Jedenfalls läßt sich die Lösung räumlich recht gut eingrenzen! Vorher sind freilich noch ein paar Fragen zu klären! Zunächst: Wie viele Mitarbeiter arbeiten auf dem ganzen Grundstück?"

„Zwei. Der Butler Ralph und seine Frau. Von einem Gärtner oder anderem Personal, etwa in den Nebengebäuden, habe ich nichts gesehen... bis auf den Mann mit dem Koffer, aber der machte nicht den Eindruck eines Angestellten!"

„Hm, wurden irgendwann Lebensmittel aus dem Haus und in das besagte Nebengebäude geschafft?"

„Nein...", wehrte Dodd zunächst ab. Dann aber fiel ihm etwas ein: „Doch ich erinnere mich, daß der alte Butler einmal mit einem Korb durch den Garten marschierte. Es könnte durchaus Proviant in dem Korb gewesen sein..."

„Haben Sie irgendwelche sonstigen Erkenntnisse — etwa von Leuten aus dem Dorf?"

„Nein! Ein paar habe ich natürlich befragt, aber die Antwort war immer die gleiche: Godfrey sei auf Weltreise!"

„Daß dem nicht so ist, haben Sie wohl jemandem erzählt?"

„Nein, kein Sterbenswörtchen!"

„Gut gemacht. Mein Respekt", lobte Holmes. „Und nun zum Verfahren: Wir drei fahren, wenn auch erst in drei Tagen, gemeinsam nach Tuxbury Old Park. Auf dem Weg dahin sammeln wir, damit das Quartett komplett wird, noch einen Bekannten ein. Und nun entschuldigen Sie mich: Ein dringender Fall mit politischem Hintergrund harrt der Lösung." Mit diesen vagen, aber vielversprechenden Hinweisen verabschiedete sich Holmes und überließ Dodd und mich allerhand Spekulationen.

Drei Tage später saßen Dodd, Holmes und ich im Zug und debattierten über Politik, um uns von dem bevorstehenden Abenteuer abzulenken. Wenige Stationen nach London stieg der Mann, von dem Holmes berichtet hatte, zu uns ins Zugabteil: Er war ein würdevoller, älterer Herr, der hereinkam und von Holmes, der nun wieder ziemlich schweigsam war, nur als Freund, nicht mit Namen vorgestellt wurde.

Nach einer Weile, in der wir schweigend dasaßen, wandte sich Holmes nun an Dodd und fragte: „Die Identität Godfreys — ist da jeder Zweifel ausgeschlossen?"

„Völlig! Absolut! Sofern Sie das Gesicht am Fenster meinen. Es war Godfrey, und es war keiner, der ihm irgendwie ähnlich sieht! Er war so nah dran an der Scheibe, und das Lampenlicht fiel unmittelbar auf sein Gesicht, daß jeder Zweifel ausgeschlossen ist. Ich konnte ihn eindeutig identifizieren! Nur die Farbe war, wie schon gesagt, anders."

Mir war aufgefallen, daß Holmes, dem selten anzumerken war, was in ihm vorging, bei diesem Hinweis unmerklich die linke Augenbraue hochgezogen hatte. Sicher wußte er längst, was mit Godfrey geschehen war, und ließ uns, um sich seinen effektvollen Auftritt nicht zu verderben, in einem detektivischen Dämmerzustand. Ich mußte ein wenig schmunzeln, als ich merkte, wie er alles dramaturgisch geschickt − darin fast einem Regisseur gleich − für die Auflösung des Falles in Tuxbury Old Park vorbereitete: Seinen weißhaarigen Freund bat er nämlich, im Wagen zu bleiben. Der sollte wohl seinen eigenen „Auftritt" haben, zum rechten Zeitpunkt, versteht sich, um Holmes ein wichtiges Stichwort zu liefern.

Zunächst wurden wir in Tuxbury Old Hall vom alten Butler Ralph, einem fast klassischen Exemplar seiner Zunft, empfangen: Die übliche Uniform stand ihm gut und unterstrich einerseits eine gewisse Servilität, dann wieder − gleichzeitig − einen fast aristokratischen Stolz. Diese für mich immer wieder merkwürdige Mischung im Charakter echter Butler wurde bei ihm noch ergänzt durch verschlissen wirkende Lederhandschuhe, die so gar nicht zum ganzen Typus paßten!

Als hätte er selbst soeben diesen Stilbruch bemerkt, zog er sie auch sogleich aus und legte sie auf einen Beistelltisch im Hausflur. Holmes' Neugierde stachelte er freilich damit erst richtig an! Wie selbstverständlich − der Trick war mir nur allzu gut bekannt − steuerte Holmes zunächst auf den Tisch zu. Beim Ablegen seines Hutes schubste er einen Handschuh ganz unauffällig auf den Boden, um ihn, an seiner Nase vorbeiführend, sogleich wieder aufzuheben.

Nachdem wir alle abgelegt hatten, wurden wir von Ralph ins Arbeitszimmer gebeten, wo kurz darauf auch Oberst Emsworth erschien. Als er unseren Klienten entdeckte, bekam er fast einen Tobsuchtsanfall.

„Wollen Sie, daß ich mit Gewalt von meinem Hausrecht Gebrauch mache, oder soll ich die Polizei holen? Hinaus, Sie...! – Und Sie, mein Herr, sind genauso unerwünscht, Mr. Holmes!"

Solch eine impulsive Gastfreundschaft hatten wir schon lange nicht mehr erlebt! Und es war natürlich Holmes, der die Wogen zu glätten versuchte: „Sir!" begann er in sanft eindringlicher Manier, „uns ist völlig klar, daß Sie im Recht sind, was zweifellos ärgerliche Auswirkungen hätte, würden Sie die Polizei rufen! Und doch: Auch mein Klient hat recht! Er sorgt sich um seinen Freund – Unrechtes daran vermag ich nicht zu sehen! Was mich und meinen Freund Watson betrifft: Wir üben nur unseren Beruf aus, und ich denke, daß meine Tätigkeit auch in Ihrem Interesse ist. Ich kann Ihnen nämlich helfen, auch wenn's Ihnen offensichtlich schwerfällt, dies zu akzeptieren!"

Die Lippen des Colonels wurden fast weiß. Er tobte innerlich!

„Ralph! Die Polizei!" preßte er mühsam beherrscht hervor.

„Nein, Sir!" fuhr ihm Holmes dazwischen. „Das würde die Katastrophe erst so richtig perfekt machen. Werfen Sie lieber mal einen Blick auf diesen Zettel."

Dabei reichte er dem reichlich fassungslosen Oberst ein kleines Stück Papier, auf dem nur ein einziges Wort gekritzelt stand.

„Sie wissen es also?!" stöhnte der Colonel daraufhin, wie vom Blitz getroffen. Dann befahl er heftig atmend: „Laß die Polizei aus dem Spiel, Ralph! Geh zu Godfrey und Mr. Kent und sag ihnen Bescheid – wir kommen gleich nach." Kent hieß also der Mann, von dem unser Klient gesprochen hatte.

In völlig irritiertem Zustand fanden wir ihn vor dem Nebengebäude vor, als wir näher kamen.

„Was hat das alles zu bedeuten, Mr. Emsworth?" fragte er. „Nicht meine Entscheidung, Kent!" bellte Oberst Emsworth. „Sondern ein erpresserisches Manöver dieses Herrn da!" Er deutete auf Holmes. „Macht Godfrey mit?"

„Ja. Was bleibt ihm denn auch anderes übrig?! Kommen Sie!"

Er führte uns in ein geräumiges, anheimelndes Wohnzimmer, in dessen Mitte – mit fragend verunsichertem Blick – Godfrey Emsworth stand! Vor Dodd, der freudig auf ihn zueilte, wich er mit abweisender Geste zurück.

„Keinen Schritt weiter, Jimmie! Einer, den das Schicksal so grausam trifft, ist schon zuviel!"

Auch ein Freundschaftsdienst, eine Ansteckung zu vermeiden! Welcher Art die Krankheit war, hatte ich nach einem Blick auf sein Gesicht erkannt. Auf dem unter südlicher Sonne tiefgebräunten Teint verteilten sich mehrere weißgraue Flecken. „Ich finde es ja trotz der traurigen Hintergründe schön", fuhr Godfrey fort, „daß du dich so hartnäckig um ein Wiedersehen bemüht hast! Aber wozu die Begleitmannschaft?"

„Mr. Holmes, Dr. Watson!" stellte Dodd uns vor. „Meine unentbehrlichen Helfer hinter den Linien! Ich mußte einfach... Einmal wegen unserer Freundschaft, zum anderen, nachdem du mir so viele Rätsel aufgegeben hast, als du mich durchs Fenster inspiziert hast..."

„Wollte mal wieder einen Blick auf dich werfen, nachdem mir der alte Ralph von deiner Ankunft berichtet hatte. Der einzige Schönheitsfehler dabei, daß auch du mich gesehen hast..."

„Dürfte dich nicht wundern, daß mich das in Alarmstimmung versetzt hat! Was eigentlich ist los mit dir? Wie kam es zu dieser Krankheit?"

„Eine Verkettung unglücklicher Umstände, wie man wohl sagt! Von dem, bei dem ich verwundet wurde, müßtest du ja gehört haben?

Weit auseinandergezogen haben wir den Dschungel damals auf der Suche nach einem Camp durchgekämmt. Mehrere von uns hat es damals schwer erwischt, mich dagegen traf eine Kugel in die Schulter! Ziemlich heftig blutend, habe ich mich daraufhin durch den Dschungel geschleppt, bis ich dann irgendwo zusammengebrochen bin. Als ich mitten in der Nacht wieder zu mir kam, sah ich das Licht eines Hauses ganz in der Nähe. Unter Aufbietung meiner letzten Kräfte und teilweise kriechend, habe ich den Weg dahin gerade noch geschafft. Drinnen nahm ich verschwommen zwei Reihen von Betten wahr — in eins davon habe ich mich fallen lassen, bevor ich wieder ohnmächtig wurde.

Als ich am nächsten Morgen aufwachte, hatte sich um mich herum eine heftig gestikulierende Gruppe von schrecklich anzusehenden Menschen versammelt... Kurz darauf trat ein weißgekittelter Mann an mein Bett. Er war Arzt, und er erzählte mir, daß ich in einer Lepraanstalt sei. Meine Schußverletzung könne er kurieren, gegen den Lepra-Virus sei er dagegen, obwohl er selbst immun war, wohl machtlos.

Der Rest ist schnell erzählt: Man brachte mich in das nächste Armeelazarett, wo meine Schußverletzung schließlich verheilte. Erst zu Hause bemerkte ich dann die ersten Symptome der Lepra. Was tun? Mich etwa unter Quarantäne stellen lassen oder mich auch in einer Leprastation verstecken, dazu noch fern der Heimat? Undenkbar! Eher hätte ich mich umgebracht! Mein Vater fand dann die Lösung, die für mich, für alle die beste ist. Die Lösung, die du hier sehen kannst: In diesem separaten Haus zu leben, von Ralph und Mr. Kent, unserem Arzt, betreut, meinen Eltern nahe, aber von der Außenwelt abgenabelt. Warum mein Vater dennoch Besuch zuließ, weiß ich mir nicht zu erklären."

„Am Besucher selbst lag's, an Mr. Holmes!" fuhr der Oberst dazwischen. „Er wußte schon alles, und entsprechend unter Druck gesetzt hat er mich!"

„Na, na!" beruhigte ihn nun Holmes. „Von erpresserischen Manieren kann bei mir keine Rede sein, ich kam in guter Absicht und habe überdies eine medizinische Kapazität mitgebracht! Verzeihen Sie, Mr. Kent, sehen Sie darin bitte keine Abwertung Ihrer Fähigkeiten! Ich nehme an, Sie sind der Hausarzt der Familie, also praktischer Arzt..."

„So ist es in der Tat!" antwortete der Angesprochene.

„Gut, aber da es sich hier um eine äußerst spezielle

Krankheit handelt, die möglicherweise einen Facharzt erfordert, da es sogar um eine Tropenkrankheit geht, habe ich die größte britische Kapazität auf allen Gebieten der Dermatologie mitgebracht: Professor James Saunders. Er sitzt draußen im Wagen und wartet nur drauf, geholt zu werden!"

Als Arzt selbst in ähnlicher Weise wie Kent von Holmes' Schachzug betroffen, übernahm ich es, den berühmten Mann zu holen. Schon kurz nachdem der Professor das Wohnzimmer betreten, die Anwesenden kurz begrüßt und Godfrey eingehend gemustert hatte, hellten sich seine Züge auf: „Glück im Unglück, junger Mann! Lepra haben Sie jedenfalls nicht! Es handelt sich bei Ihrem Hautausschlag ganz unzweideutig um Pseudo-Lepra, auch Fischschuppenkrankheit oder – lateinisch – Ichthyosis genannt! Eine schwierige, aber heilbare Krankheit, im übrigen nicht ansteckend! Bei den meisten meiner Patienten hat meine Therapie jedenfalls gut angeschlagen. Seien Sie insofern guter Dinge, Mr. Emsworth! Ich nehme Sie gern unter meine Fittiche!"

Nach diesen Worten erschien freudige Überraschung in allen Gesichtern, und gelöst folgten alle Holmes ins Wohnzimmer des Obersten, wo Holmes zur Analyse und Rekonstruktion des Falls ansetzte:

„Lassen Sie mich, meine Herren, kurz erläutern, wie ich der Lösung auf die Spur kam. Und da ist es angebracht, einige Anmerkungen zum Verfahren vorauszuschicken! In meinem Metier gilt generell: Erfolgreiche kriminalistische Analytik erfordert die Beherrschung sogenannter reduktiver Fähigkeiten. Was da zunächst etwas geschraubt klingen mag, heißt, auf den Fall bezogen: Alle Möglichkeiten in Betracht zu ziehen, warum da jemand festgehalten und isoliert wurde! Möglich war erstens, daß der Betreffende irgend etwas angestellt hat und er daher aus dem Verkehr zu ziehen war. Nicht auszuschließen war auch zweitens, daß Godfrey Emsworth – kriegsbedingt und vorsichtig ausgedrückt – erhebliche, psychische Probleme bekommen hat, die seine Isolierung erforderten. Blieb, drittens, die krankheitsbedingte Abschottung gegenüber Dritten. Weitere Möglichkeiten waren nicht auszumachen! Die beiden ersten, möglich genug, konnte ich gedanklich rasch ausradieren. Da ich, was das Vorkommen von Verbrechen betrifft, so eine Art menschlicher Seismograph bin, dem nahezu nichts entgeht, konnte die erste Variante schnell gestrichen werden. Es gab nämlich in der letzten Zeit kein Verbrechen in dieser Gegend, was diesen Verdacht genährt hätte. Wäre es anders, hätte die Polizei das Grundstück längst bis auf den letzten Winkel durchsucht – und Godfrey gefunden. Naheliegender also für ihn, sich vorher ins Ausland abzusetzen, was bekanntlich nicht geschah!

Schwieriger schon war es, auszuschließen, daß da ein psychischer Defekt vorlag. Denn dafür sprach allemal der ‚Wärter‘, der immer abzuschließen pflegte! Nur, werden Geisteskranke privat verwahrt, was möglich ist, wissen die Behörden davon, und deren Auflagen werden strengstens kontrolliert! Godfrey aber war im Freien, mein Klient sah ihn ja an einem Fenster dieses Gebäudes. Wie immer ich es auch drehte und wendete: Auch diese Variante konnte ich folglich streichen. So blieb zwangsläufig nur noch eine, die dritte Möglichkeit! Und da endlich paßte alles zusammen.

In dem Fall hätten nicht einmal die Behörden Kenntnis haben dürfen. Absolute Diskretion war geboten, und genau die wurde ja auch praktiziert! Klar auch, daß man überdies familienseits eine Lösung gesucht hatte, die dem jungen Mann einmal die Möglichkeit bot, ganz in der Nähe zu weilen sowie bestmöglicher Betreuung und Pflege teilhaftig zu werden. Apropos Pflege: Ob's ein Arzt war, habe ich durch meine Frage nach seiner Lektüre herauszufinden versucht. Auch wenn ich mit dieser Frage nicht weiterkam: All das paßte nahtlos zusammen mit den Gegebenheiten! Hinzu kam schließlich, daß Lepra oder andere Formen der Aussätzigkeit gerade in Afrika noch häufig anzutreffen sind. Deren optische Symptome hatte mir mein Klient geschildert. Ein allerletzter Punkt: Nach meiner Ankunft konnte ich durch einen meiner kleinen Tricks feststellen, daß die für einen Butler ungewöhnlichen Handschuhe mit einem übelriechenden Desinfektionsmittel getränkt waren. Das war dann schon, unter Beweisgesichtspunkten, sozusagen das I-Tüpfelchen! Denn zu ermitteln gab es nichts mehr, nur – direkt und im übertragenen Sinne – noch einige Türen zu öffnen."

Nachzutragen ist dies: Godfrey Emsworth konnte geheilt werden. Und mein Respekt vor Holmes, meinem Freund, dem „Medizinmann", wuchs noch weiter!

# Für junge Leute

### Sherlock Holmes
### Der blaue Karfunkel

12 Fälle, in denen ein perfektes Verbrechen gelungen wäre, wenn nicht... ausgerechnet Sherlock Holmes dazwischengekommen wäre!

Mit seinem messerscharfen Verstand, ausgefeilten Untersuchungsmethoden und einer gehörigen Portion Raffinesse löst er Kriminalfälle, an denen selbst Scotland Yard zu scheitern droht.

Kommissar Peterson hat in seiner Weihnachtsgans einen der wertvollsten Diamanten der Welt gefunden. Er ahnt, daß hier der Zufall ein Verbrechen vereitelt hat und bittet Holmes um seine Mithilfe.

Die Polizei glaubt Lady St. Clair nicht, daß ihrem Mann in einem Zimmer in Soho etwas zugestoßen ist. Doch Sherlock Holmes findet Blutspuren auf der Fensterbank.

Niemand weiß, woran Helens Schwester gestorben ist. Aber als Sherlock Holmes erfährt, daß beide Schwestern nachts ein leises Pfeifen gehört haben und daß ihr Stiefvater als Arzt in Indien war, kommt ihm ein schlimmer Verdacht.

## Loewes Bücher

# Für junge Leute

*Sherlock Holmes*
*Der Hund von Baskerville*

Ein riesiger Höllenhund soll vor Jahrhunderten den ersten Sir Baskerville getötet haben und jetzt auch am Tod von Sir Charles schuld sein. Daß Charles Baskerville keines natürlichen Todes gestorben ist, glaubt Sherlock Holmes nach der Beweisaufnahme auch. Deshalb beauftragt er Dr. Watson mit dem Schutz des jungen Sir Henry Baskerville. Doch es bedarf so mancher scharfsinnigen Überlegung und einiger mutiger Experimente, bis sich die Fäden dieses Falles entwirren lassen. Denn der Nebel über dem Moor verbirgt nicht nur das Geheimnis um den Hund von Baskerville.
Zusammen mit seinem Freund Dr. Watson löst der hagere Meisterdetektiv diesen und zehn weitere Fälle mit kühler Logik und feinem Humor.

## Loewes Bücher